講談社文庫

ミッドナイト・ライン(下)

リー・チャイルド｜青木 創 訳

JN177528

講談社

目次

ミッドナイト・ライン (下)

●主な登場人物〈ミッドナイト・ライン　下〉

ジャック・リーチャー　放浪の旅を続ける元憲兵隊指揮官。
ジミー・ラット　バイカーギャング。故買屋。
アーサー・スコーピオ　コインランドリー経営者。ラピッドシティの裏社会の大物。
グロリア・ナカムラ　ラピッドシティ市警財産犯罪班の女性刑事。
テレンス・ブラモル　元ＦＢＩの私立探偵。
ショーン・シンプソン　陸軍士官学校の校長。将軍。
セリーナ・ローズ・サンダーソン　中東で五度の軍務に就いた陸軍退役少佐。
ティファニー・ジェーン・マッケンジー　セリーナの双子の妹。
シーモア・ポーターフィールド　元海兵隊員。
コネリー　郡保安官。
カーク・ノーブル　司法省麻薬取締局の特別捜査官。
スタックリー　ドラッグの運び屋。

27

ブラモルはハイウェイパトロールのようにハンドルを切って路肩から出ると、追跡を開始した。前方のSUVは高速で走りつづけている。道は長い直線がつづいたあと、くだって窪地《くぼち》を抜け、のぼって小山を越え、カーブして見えなくなるが、土煙が目印になった。大型のトヨタ車はうなりをあげて進み、荒れた路面に激しく揺られながらかなりの速度を出したが、目標はまったく減速しなかった。むしろ加速している。二台のあいだの土煙は一キロ近くにまで延びることもあった。

そしてそれが消えた。

トヨタ車が車体を傾けながら長いカーブを急いで曲がりきると、土煙を抜けて透明な空気の中に出た。数キロ先まで明るく澄み、車は走っていない。

SUVは見当たらない。何もない。

背後では切り離された土煙が風に漂い、道路からはずれて低木の中に消えていった。

ブラモルは車を停《と》めた。

「曲がったな」リーチャーは言った。「牧場の農道では土煙が立たない。後ろに何があった？」

ブラモルは路肩から路肩へと車をUターンさせ、確かめにいった。

「南の私道ではないでしょうか」マッケンジーが言った。「確信はありませんが」

「パイのご婦人か」リーチャーは言った。「ポーターフィールドの隣人の。ここにはきのうも来た。危うく見落とすところだった」

「しかし、パイのご婦人は外出中です。車で出かけるところを見ました」ブラモルが言った。

ブラモルはハンドルを切って農道にはいり、きのうと同じように運転したが、きょうは速度を出して曲がったりのぼったりしながら木々のあいだを走った。何もなかったし、だれもいなかったが、前と同じように五キロほど行くといきなり森が開け、東を遠くまで見渡せる四千平方メートルほどの平坦《へいたん》な土地に飛び出した。茶色い板で造られた平屋の家と、古びた木材でできた玄関ポーチと、古い教会の会衆席が目に留まる。

何もない。

埃《ほこり》に覆われたへこみだらけの古いSUVは停まっていない。

動くものは何もない。

音もしない。

マッケンジーが言った。「ここから出る道がほかにもあるにちがいありません。きのう訪れた家のように」

ブラモルは荒れた地面に大きな円を描いて車を走らせ、木々に車体をこすりそうになりながらも、家や納屋のまわりを一周した。森に分け入っていく道が三本あった。一本は西へ、一本は南へ、一本はその中間へ延びている。ハイカーやハンターが使う道らしく、どれもすり減って踏み固められ、根や岩でこぶだらけになり、穏やかな陽光でまだら模様ができ、カーブして見えなくなっている。

どれも細い。

しかし、角張った古いSUVなら通れる。

どの道が使われたかを判断するのは不可能だった。地面は乾ききっている。タイヤ痕が至るところにあり、埃の中でもはっきりと見える。

「賭けてみますか？」ブラモルが言った。

「時間のむだだ」リーチャーは言った。「この道は曲がりくねっている。見こみはない。それに、あんたの車はローズの車より大きい。立ち往生するぞ」

「あれがローズだったとしたらの話です」ブラモルは言った。

「そう仮定しておこう」

「ローズがどちらへ走り去ったかは重要ではありません」マッケンジーが言った。

「問題は、なぜ走り去ったかです。どういうことなのでしょうか」

「われわれに怯《おび》えたんだ」リーチャーは言った。「路肩で待っていたわれわれを、州警察かもしれないと思ったのだろう。ローズは捕まりたくなかった。だから砂利道をはずれ、自分だけが知っている不気味な森の小道に逃げ戻った。いまは身を潜め、これからどうしようかと考えているはずだ」

「どこで？」

「この周辺およそ二千五百平方キロ以内のどこかにいる。われわれがけっして見つけられない場所に」

マッケンジーは黙りこんだ。

少ししてから言った。「銀色を見ました？」

ブラモルが言った。「見た気がします」

「なんだと思いました？」

「コートでしょうか」ブラモルは言った。「フード付きの」

「だがもっと体に密着している感じだった」リーチャーは言った。「スポーツウェアのように思えた。レースの前に脱ぎ捨てるたぐいの」

「アルミ箔《はく》のように見えました？」

「多少は」ブラモルは言った。「服の飾りかもしれません」

マッケンジーは言った。「なぜローズは捕まりたくなかったのでしょう」

「きみだとは思わなかったからだ」リーチャーは言った。「ローズはきみの顔を見ていない。向こうの車もこちらの車も窓が埃まみれだったし、こちらへ接近してくるとき、ローズは顔を背けていた。感情からそうしたのではない。状況からそうしたんだ。ローズはわれわれを警官だと思いこんだ。警官に車内を見られたくない手合いなのかもしれない」

「ローズだったとしたらの話です」ブラモルは言った。

「依存症だからですね」マッケンジーは言った。

「それは最悪の筋書きだ」リーチャーは言った。

「そのとおりになることもあります」

「確率はゼロよりは大きく、一よりは小さい」

「あなたの考えはどちらへ傾いているのですか」

「最善を望み、最悪に備えよ」

「真剣に訊《き》いているのです」

「わたしはシーモア・ポーターフィールドのことを考えている」リーチャーは言っ

た。「ビリーがその商売を引き継いだとわれわれは仮定しているが、そういったことは商売の活発な拡大につながるのがふつうだ。それだけで商売を引き継ぐ充分な理由になるだろう。逃していたチャンスをつかめるわけだから。そしてこの手の商売はけっして縮小しない。拡大する一方だ。だから要するに、いくつもの理由から、法執行機関はいまのビリーをかつてのポーターフィールドよりも大物だと見ていなければおかしい。それなのに少年探偵は、ビリーのような人物には興味がないと言ったも同然だった。顔をデータベースに登録しておくだけだと言っていた。裏を返せば、ビリーを見逃すということだ。取るに足らない下っ端だから。ところが、シーモア・ポーターフィールドはもっと下っ端なのに、ペンタゴンにロックされたファイルがあると来ている」

ブラモルは言った。「たいしたことではないのかもしれません。ポーターフィールドは中央アメリカと少しばかりつながりがあっただけなのかも。軍隊はなんでも記録しますからな。ファイルといっても、一語しか記録されていないかもしれませんぞ。そのあたりはあなたもお詳しいはずだ。そちら側の人間だったのでしょうから」

「一語だけのファイルがなぜロックされる？」

ブラモルは言った。「わかりません」

「ポーターフィールドについての確実な情報は？」

「ほとんどありません」

「どんな印象を受けた？」

「あの隣人と同じですな。ほかの州から自分探しにきた金持ちで、小説でも書いてるのかと」

「贅沢《ぜいたく》な人生だ」

「まったくです」

「あんたはあいつの家を気に入っていたな」

「住みたいくらいですとも」

「ポーターフィールドは不自由のない生活を送っていた」リーチャーは言った。「キッチンには花崗岩《かこうがん》の調理台があって、ペンタゴンには本人のファイルまであった。しかも三つも。そのひとつには、人生最後の六ヵ月に謎の女とおこなっていた共同事業のことが書かれているのだろう。それに加え、家の窓が割られていた。政府の仕事らしく見えた。ばかげた話だが、そうとも言いきれない。おまけに、ポーターフィールドは熊に食われた。それかクーガーに。どちらにしろ、めったにないことだ。こうしたことを踏まえると、最後の六ヵ月にいったい何があったのかと推測をめぐらさずにはいられないな。特にその終わりのほうに。ローズがいま逃げたのは、人がたくさん乗った黒塗りの高級車には警戒しろと一年半前に学んだからなのかもしれない。そういうわけで、先ほどのミセス・マッケンジーの質問に答えると、わたしの考えは最悪の筋書きとは反対の方向に傾きつつある。最悪の筋書きはごくありきたりなのがふつうだ。この件はもっと複雑に感じる」

マッケンジーは言った。「ポーターフィールドは思っていたような人物ではなかったとお考えなのですね？」

「十倍も悪人だったかもしれない。まだ確信はないが。興味深いところだ。十倍も善人だったという可能性も同じようにある」

ブラモルは言った。「もし善人だったのなら、なぜアーサー・スコーピオはポーターフィールドの名前を知っていたのでしょう」

「ビリーを通じてだろう。ビリーはパイのご婦人と同じく、ポーターフィールドの隣人だった。それならおしゃべりくらいはするものだ。スコーピオは近所の噂話《うわさばなし》を聞くのが好きだったのかもしれないな」

「一万ドル入りの靴箱がありましたが」

「小説を書きあげるまでの生活費かも」

ブラモルは答えなかった。電話が鳴った。私立探偵は電話に出て耳を傾け、リーチャーに渡した。

「シンプソン将軍です。あなたに代われと」

リーチャーは電話を耳にあてた。
校長は言った。「ポーターフィールドは元海兵隊員だ」

28

校長は言った。「踏みこんだ内容は厳重にロックされているが、社会保障番号とそのほかの秘密扱いでない資料からわかった事実がある。昨年ワイオミングで死亡したシーモア・ポーターフィールドはアイヴィーリーグの大学院生で、九・一一の翌日に海兵隊に入隊した。理想の新兵だった。まさに看板男だ。ライフル中隊の少尉として、イラク攻撃の第一波に加わった。だが、それはひと月足らずで終わった。早いうちに負傷したからだ。どんな負傷だったのかは不明だ。名誉除隊になり、民間人の生活に戻った。まだそのころは、そうした除隊者にメンタルヘルスカウンセリングを受けさせるだけの余裕が海兵隊にはあった。記録には、ポーターフィールドは学究生活を再開できて喜んでいる様子で、現金と不動産で財産を相続できる見こみがあるので、わざわざ海兵隊が心配するにはおよばないとある。その後長らく、ポーターフィールドが政府に注目されることはなかった」

「それが変わったのは？」リーチャーは言った。

「二年前だ。ペンタゴンの奥深くの部署が、まったく新しい事件を扱った。ポーターフィールドがらみで。内容はわからない。背景調査のために服務記録のファイルが調べられ、その後ロックされたのだろう。そういうときは決まって何かがあるものだ。同時に、ポーターフィールドと女に関する第二のファイルが新たに作成された。現段階でわかっているのはそこまでだ。きみが言ったとおり、ファイルは三つある」

「その女はサンダーソンでしたか？」

「まだわかっていない。それは踏みこんだ内容のうちだ」

「引きつづき調べていただけますか」

「慎重にやっている」校長は言った。「また連絡する」

通話は切れた。リーチャーが電話を返すと、ブラモルはそれを充電器につないだ。

マッケンジーが言った。「役に立ちそうですか？」

リーチャーは言った。「この女がローズではない可能性もあるぞ」

「ローズだと仮定しましょう」

「負傷した海兵隊の士官と負傷した陸軍の士官が同じ場所で六ヵ月過ごしたことになる。そういう状況はどちらに転んでもおかしくない。ふたりして世界史上最悪の依存症になっていた可能性もある。互いの心の支えになってもっとうまくやっていた可能性もある。ドラッグをいっさい使わなかった可能性も。何せどちらも立派な人物だったのだから。ポーターフィールドは学校を辞め、勇んで入隊した。ローズはウェストポイントで上位十位以内にいて、五度の軍務に就いた。ふたりは理解のある相手と穏やかで静かな暮らしをするために付き合っていたのかもしれない」

「でしたら、ローズはいまどこに?」

「それが問題だ。問いがそのまま答になっている」

「残念です」マッケンジーは言った。「いまのローズは立派な人物ではなく依存症になっている可能性が高いと結論せざるをえないのですね。でなければ、音信不通にはならないはず」

「最悪の筋書きではそうなる」

「反対の方向に傾きつつあったのに」

「いまでもそうだ」リーチャーは言った。「いまでも最善を望んでいる。個人的な質問をしてもかまわないか?」

「かまいませんが」マッケンジーは言った。

「きみとローズはどんな双子なんだ? 瓜《うり》ふたつなのか?」

マッケンジーはうなずいた。「わたしたちは一卵性双生児です。文字どおりの双子です。これ以上ないほどに」

「それなら、病院に行ってみよう」

「どうして？」

「いまごろは痛がっている連中がいるからさ。友達に分けてもらえそうな者もいるだろう。町で買おうとする者もいるだろう。それ以外の者は、救急救命室へ行く。歯が痛くてたまらないとか、腰が痛くて身動きできないなどと言って。なんにせよ検証不可能だ。だがいまでは痛みは重要なものになっているから、医者は患者の訴えを信じるしかない。お望みの処方箋を書くしかない。ローズも病院に来ていないか確かめよう。きみを見れば思い出してくれる。行方不明者の人間ポスターといったところだ」

「なんだかローズを裏切っているような気分です。ジャンキーだと決めてかかっているみたいで」

「可能性をひとつひとつ検討するだけだ。千里の道も一歩からと言う」

マッケンジーは長いあいだ黙っていた。

そして言った。「わかりました。行きましょう」

ブラモルがV8エンジンを始動し、大きくハンドルを切って私道の入口へ向かった。東を遠くまで見渡せる四千平方メートルほどの平坦な土地と、茶色い板で造られた家と、古びた木材でできた玄関ポーチと、古い教会の会衆席が後ろに流れてゆく。

何事もなく荒れた道を五キロ進むと、もとの砂利道が見えてきた。

だがちょうどそのとき、ストロベリーパイを焼いた女が私道の反対側から三人のほうへ向かってきた。ここの住人だ。スーパーマーケットからジープで帰ってきたのだろう。ブラモルは車を停め、道を譲った。ところが、女も真横で車を停め、窓をおろした。

ブラモルが窓をおろす。

リーチャーも。

女は昨日のふたりだと気づき、とりあえず会釈してから、後ろのマッケンジーに目をやった。見たことのある顔ではないようだ。そのような気配はない。なんの表情も浮かべていない。生き写し。人間ポスター。

よそ者。

女は言った。「何か用？」

リーチャーは言った。「きのう話した件でいくつか確かめたいことがあって、寄らせてもらった」

「知ってたはずだよ。外出していたとは知らなかった」

「気づかなかったようだ」

「私立探偵なんだから気づかないと」

「行方不明の女性をまだ捜している」リーチャーは言った。「そちらに気を取られていたのかもしれない」

「何を確かめたいの？」

「あんたがポーターフィールドに会ったときのことだ」リーチャーは言った。「ポーターフィールドは身体《からだ》になんらかの障害があったか？」

「なかったと思うけど」

「五体満足だった？」

「もちろん」

「足を引きずったりもしていなかったか？」

「してなかったと思う」

「ちゃんとしゃべれて、まともに考えられていたか？」

「とても礼儀正しかったね」

「そうか」リーチャーは言った。「あと、砂利道を走っていてポーターフィールドの車の中を目撃したときのことだ。その話をもう一度聞きたい」

「車の中には何もなかった。あたしの勘ちがいだった」

「勘ちがいではなかったとしてみよう。何を見た？」

女は間をとった。

「ほんの一瞬のことだった。二台の車がすれちがっただけさ。砂嵐みたいに風が巻き起こった」

「だとしても」リーチャーは言った。「何を見た？」

女はふたたび間をとった。

「顔を背けている女。あと、銀色」

「その光景が頭にこびりついているんだな」

「変だよね」

「前にそうしたものを見たことは？」

「ないね」

「あとでまたそうしたものを見たことは？」

「ないね」

「まちがいないか？」リーチャーは言った。「別の車の中にも見ていないか？　一台きりの車が、ここの西から来たかもしれない」

「ないね」女は繰り返した。「あたしをからかってるの？」

「そんなつもりはまったくない。尋ねたいことはまだある。私道をほかの人たちにも勝手に使わせているのか？」

「あんたたち以外に？」

「一本取られたな」リーチャーは言った。「だが、ほかの人たちが私道にはいって森に分け入っていく小道を使うのは黙認しているのか？」

「してない」

「許していないのか？」

「どうして許さなきゃならないのさ」

「許していないにしても、そういう状況を見たことはあるのでは？　不法侵入があったことは？」

「ないね」女は四たび言った。「いったいなんの話さ」

「われわれがここに来たほんとうの理由は、車を追っていたからだ。向こうはわれわれを撒《ま》こうとしていた。あんたの私道にはいって、あんたの小道から出ていった。どの小道なのかはわからない」

女は四方を見まわした。

そして言った。「ここを通って逃げたの？」

「いままでにそういう事態が起こったことは？」

「ないね」女は繰り返した。「どうしてそんな事態が起こるのよ。だいたい、うちの小道がどこへ通じてるか、どうして知ってる人がいるんだい」

ウエストポイント、とリーチャーは思った。あのころは、地図を読み解く技能が死活にかかわった。

「実際のところ、小道はどこへ通じている？」

「そこら中さ」女は言った。「行きたければコロラドにだって行ける。だれを追ってたの？　ここを通るなんて、パニックになってたにちがいないよ」

「運転していたのは女だと思う」

「ふうん」

「小柄で、顔を背けていた。顔は見えなかった」

女は黙りこんだ。

「銀色が見えた」

「まさか」

「あんたが見たものと同じだ」

「ここで？」

「われわれは車を追ってここまで来た」

「あんたたちのせいで悪い夢を見そうだよ」


三人は女と別れ、私道から砂利道と二車線道路をたどってララミーに戻った。病院は大学の隣にあった。建物がつながっているのかもしれない。救急救命室では七人の患者が待っていた。うちふたりはビリーの不在で苦しんでいるように見えた。冷や汗を流して震えている。ありがちな症状だ。ほかの五人は学生らしかった。七人とも、待合室でだれもがよくやるように目をあげた。新たな患者に対して、値踏みするような視線を送っている。

マッケンジーに対しても。

顔に見覚えのある様子はない。

カウンターの向こうも同じだった。マッケンジーがローズ・サンダーソンという名の患者について尋ねると、親切な女が画面を見てから励ますように笑みを向け、そういう名前の人は来ていないと言った。そのあいだも、なんら含むところのない同情に満ちた態度でマッケンジーの目を見つめていた。

顔に見覚えのある様子はない。

マッケンジーはカウンターから離れて言った。「これで分けてくれる友達がいるか、いま町で買おうとしているかのどちらかになりましたね」

三番ストリートとグランド・アヴェニューの角に車を走らせ、求める組み合わせを一ブロックずつ探した。安酒場二軒と食事ができるまずまずの店一軒が互いに見える位置にあることが条件だった。食事をする必要があったが、マッケンジーは監視の時間を削りたがらなかった。可能性のある場所を少なくとも二軒は見張りながら食事をしたいと言った。そういうわけで、汚れた窓越しにビールのネオンサインが光っている二軒のカウボーイ・バーの向かいにカフェを見つけた。こういうバーなら売買がおこなわれてもおかしくない。カウボーイもほかの人と同じように鎮痛剤をほしがる。ほかの人よりほしがるかもしれない。ロデオの事故、縄による怪我《けが》、不慮の落馬などで。

カフェは新世代の店で、あらゆるたぐいの健康的なジュースがあり、サンドイッチは目をつぶって作ったにちがいないとリーチャーは思った。いろいろな食材がでためめに使われている。パンは巨大な種入りだ。ボールベアリングを混ぜたおがくずを連想した。

ブラモルはマッケンジーとリーチャーを席に残して手を洗いにいった。マッケンジーはジャケットを脱ぎ、左右に体をひねって椅子の背に掛けた。リーチャーに視線を戻す。染みひとつない色白の肌、非の打ちどころのない骨格、繊細な目鼻立ち。緑の目は悲しみに満ちている。

マッケンジーは言った。「お詫《わ》びします」

リーチャーは言った。「何に対して?」

「はじめてお会いしたときのことです。あなたのことを、何かに取り憑《つ》かれた変人で、頭のネジが二、三本足りないと言いました」

「その台詞《せりふ》を言ったのはわたしだったと思うが」

「わたしの内心を察していたからですよね」

「そう思われても仕方なかった」

「そうかもしれません」マッケンジーは言った。「でも、いまはあなたがいてくれてうれしく思っています」

「わたしもそれが聞けてうれしいよ」

「ミスター・ブラモルに払う報酬をあなたにも払うべきですね。同じ日当を」

「報酬はほしくない」リーチャーは言った。

「徳行はそれ自体が報酬だと？」

「徳行のことはよくわからない。わたしは何があったかを突き止めたいだけだ。自分の満足のために金を請求するわけにはいかない」

ブラモルが戻り、三人は食事をしながら窓の外を監視した。目を引くものはなかった。

マッケンジーが勘定を持った。

リーチャーは言った。「見ておいたほうがよさそうなバーがもう一軒ある」

「似たようなバーですか？」ブラモルが言った。

「少しはましかな。話のできる男がいるかもしれない」

リーチャーはふたりを連れて線路のほうに一ブロック歩き、それから南へ二ブロック進んで、鏡に弾痕のあるバーへ行った。同じテーブルに同じ男がいて、同じようなロングネックの瓶から酒を飲んでいる。親切な人物なのかもしれないし、出しゃばりなのかもしれないし、自分の専門知識をひけらかしたい地元通なのかもしれないし、その三つを兼ね備えているのかもしれない。テーブルはふたり用だったから、マッケンジーが男の向かいにすわり、ブラモルとリーチャーは後ろに立った。

男は言った。「ミュール・クロッシングについて、おれに訊いてきた旦那だな」

「そのとおりだ」リーチャーは言った。

「見つかったか？　それとも瞬きしてるあいだに見落としたか？」

男はリーチャーに話しかけてはいたものの、目はマッケンジーを見ていた。見ずにはいられないのだろう。豊かな髪、顔、目、薄手の白いブラウスに包まれた華奢《きやしや》な体を。

顔に見覚えのある様子はない。

「見つかった」リーチャーは言った。「実は、そこで噂を耳にした。一年半前に熊に食われた人がいるそうだな」

男は瓶から長々と飲んだ。

口もとの泡を拭う。

そして言った。「シーモア・ポーターフィールドか」

「知り合いだったのか？」

「おれの友達の友達があいつの家の雨漏りを直してたんだよ。建て方がでたらめだから、冬になると毎年のように雨漏りしてた。それでおれもいろいろと聞いた。あのあたりのことは昔から知ってる。近くに線路もないのに鉄道用地になった。百年以上前に詐欺でもあったんだろうよ。ときどき東部の金持ちが土地を相続し、出向いて丸太小屋を建ててた。ポーターフィールドの場合は父親が建てた。モダンな家にしたんだが、雨漏りはそのせいだろうな。そのうちに父親が死んで、ポーターフィールドが遺言で所有権を得た。年中あの家で暮らすようになったから、シンプルな生活をしようって決めたんだろう」

「ポーターフィールドは仕事は何をしていた？」

「四六時中電話をしてたし、しょっちゅう車を走らせてた。何をしてたかはだれも正確には知らないと思う。趣味に生きてたのかもしれない。父親の金を全部もらったんだから。東部にありがちな代々の資産ってやつを。鉄道とのつながりを考えると、製鉄業でもやってたのかもな」

「ポーターフィールドはどんな人物だった？」

「大学出で、海兵隊にいた。どっちにしたって資産家だったが」

「健康状態は？」

少しのあいだ、男は口をつぐんだ。

それから言った。「そんなことを訊かれるとは驚いたな」

「なぜ?」

「端から見れば、ポーターフィールドは健康そうだった。映画のポスターになってたっておかしくない。だが家には包帯の徳用パックがあって、薬棚には錠剤が詰めこまれてた」

「あんたの友達の友達はそんなところまで見るのか?」

「何かのついでに見てしまったんだよ」

「これまでにあのあたりで何かトラブルはなかったか? よそ者がいきなり現れたことは? 何か妙なことはなかったか?」

男は首を横に振った。

「よそ者が現れたことはない。トラブルもなかった。妙なこともなかった。だがそれも、秘密の恋人が現れるまでの話だ」

29

ロングネックの瓶を持った男は言った。「おととしの冬のはじめだったと思う。ポーターフィールドの家がまたひどく雨漏りしだした。おれの友達の友達はかよい詰めになった。ときどき窓越しに中をのぞいてるうちに、女物の何かを見かけるようになった。だんだんそれは増えていった。だが女の姿を見かけることはなかった。屋内で作業をしなければならないときは、女は外出するか寝室に隠れてた。それはまちがいないそうだ」

「その女はいつも家にいたわけではなかったのか？」リーチャーは言った。

「ポーターフィールドもときどき家を空けてた。女にも家があったということだな。互いの家を行ったり来たりしてたんだろう」

「しかし、女は家にいるとき、自分のものを隠さなかった」リーチャーは言った。

「ああ、ほっぽってあった」

「見まちがいの可能性はないか？　どれもポーターフィールドのものだったのかもし

れない」

男は首を横に振った。「それはないな。寝間着まで見まちがえないだろう。それに、そういうのは家の様子からわかる。男と女の散らかし方はちがう。言っておくが、あの家は同時にふたつの散らかし方をしてた。なんでもふたつあった。ふたりの人間がいたのさ。シンクには皿が二枚あり、ソファのそばには本が二冊あり、ベッドは両側にくぼみがあった」

「あんたの友達の友達はずいぶん広範囲の調査を実行したようだな」

「屋根は家全体を覆うものだからな。少なくともそれが役目だ」

「だが、あんたの友達の友達は一度も女に会わなかった」

「だから秘密の恋人と呼んでたのさ」

「家に出入りするところも、外の道にいるところも見なかったんだな？」

「一度も見なかった」

「ポーターフィールドはその女について何か言っていたか？」

男はビールを飲み干し、テーブルに瓶を置いた。

そして言った。「否定しようとはしなかった。〝そうそう、ぼくに恋人はいないよ〟とかの不自然な台詞を正面切って言うことはなかった。だが、〝そうそう、恋人が昼寝中だから寝室にははいらないでくれ〟とかの台詞を言うこともなかった。〝寝室にはいらないでくれ〞としか言わなかった。それだけだ。理由は言おうとしなかった。奇妙な経験だったと友達の友達は振り返ってたよ。ポーターフィールドが女を閉じこめ、そんな女はいないと言って、だれも捜しにこないように企《たくら》んだとも思える。でも女の持ち物がそこら中にあったわけだから、それだと筋が通らない。悪巧みをする男はもっと用心するはずだ」

リーチャーは言った。「あんたは熊の話を信じたか？」

「保安官は信じた」男は言った。「重要なのはそれだけさ」

「あんたは疑った？」

「おれはあのあたりの住民じゃない。だがみんな心のうちでは同じ反応をした。自然な反応だよ。だれだって人生で一度か二度くらいは、どうしても消えてもらいたい相手がいるときに自分ならどうするかって思ったことがあるはずだ。それか、状況が手に負えなくなって、だれかが思いがけず死んでしまったときに自分ならどうするかって思ったことが。どっちにしろ、山奥に死体を捨ててくればいい。ちょうどポーターフィールドが発見されたような場所に。簡単なことさ。死体にハチミツを塗ったり、新鮮なにおいをさせるために血管を何本か切ったりしてもいい。大型の獣が寄ってくるかどうかは運しだいだが、寄ってこなくてもかまわない。舌舐《したな》めずりをしながら順番待ちをしてるほかの生き物が何百もいる。だから何が言いたいかというと、ポーターフィールドのニュースを知った人はみんな、〝うんうん、自分でもそうする〟って思ったはずだ。おれだって思ったね」

「保安官もそう思ったはずだと？」

「心のうちでは思ったにちがいないね」

「だが、公式には事故として扱った」

「証拠はなかったからな」男は言った。「それが最大の利点さ」

「ポーターフィールドに敵はいたのか？」

「東部から来た金持ちだ。そういうやつらには敵が付き物だろうよ」

「女はどうなった？」

「残ったって噂だった。どこにいるのかはだれも知らなかった。そもそも顔をだれも知らないんだから、だれを捜せばいいのかもわからなかった」

「ポーターフィールドの屋根はどうなった？」

「保安官はもう雨漏りしないように完全に修理しろと言った。だからおれの友達の友達は、不具合のあるところに新しい金属をかぶせた。前からそうしたかったのに、建築家の設計に合わないからとポーターフィールドがやらせてくれなかったらしい」

気に入りの銘柄のビールを男におごってやり、三人は店を出た。トヨタ車へと歩く。車は新世代のカフェの向かい、つまり汚れた窓越しにビールのネオンサインが光っている二軒のバーの中間あたりで、縁石に乗りあげて停めておいた。もう街灯がついている。空は暗い。カフェは閉店している。二軒のバーから騒がしい音が響いてくるが、ドアは閉まっている。

トヨタ車を囲んで三人の男が立っていた。手ぐすね引いて敵を待ち受けるかのように、道路に立って影を投げかけている。三人とも痩せ型だが、背は高い。三人とも無骨な大きい手をしている。三人ともジーンズとブーツ姿で、ひとりのブーツはワニ革だ。

ブラモルが物陰で立ち止まった。

リーチャーとマッケンジーもその後ろで立ち止まった。

マッケンジーが言った。「何者なの？」

「カウボーイだ」リーチャーは言った。「ビーフジャーキーとガラガラヘビのフライで育った連中だ」

「目的は？」

「われわれを追い払うつもりだろう。こういう舞台にああいう展開は付き物だ」

「何から追い払うのです？　わたしたちが何をしたと？」

「われわれは嗅ぎまわっている。地元の後ろ暗いビジネスにかかわっているかもしれない女性について、あれこれ尋ねている。つまりだれかの神経を逆撫《さかな》でしている」

「どうするのです？」

「だれが先頭を切るか、シニアパートナーに相談する必要があるな」

ブラモルは言った。「ご希望は？」

「全員で行ったほうがいいだろう。わたしは一歩前に出よう。だが、ふたりにも連中の顔を見てもらいたい」

「なぜ？」

「もしわたしが負けたら、病院のベッドの脇で警官に人相を説明できるようにさ」

「負ける？」マッケンジーが言った。「あの三人はわたしたちと話がしたいだけでしょう。向こうは喧嘩腰《けんかごし》になったり不機嫌になったりするでしょうが、戦いになるとはかぎりません。こちらが戦いに持ちこまなければ」

「きみはどこに住んでいたんだったかな」

「イリノイ州のレイクフォレストです」

「なるほど」

「どういう意味です？」

「戦いはもうはじまっている。連中の立ち方でわかる。勝つか、家に帰るかだ」

「スコーピオが送りこんだの？」

「それは理にかなった推測だ」リーチャーは言った。「地元の後ろ暗いビジネスを牛耳っているのはスコーピオのはずだ。どうやらはるかモンタナにまで手を伸ばしているらしい。だがその推測は理に反してもいる。もしスコーピオが合図ひとつで男前のカウボーイ三人を呼び出せるのなら、どうしてビリーのような使えない下っ端に、木に隠れてわたしを撃ち殺せと命じた？　それよりあの連中に命じていたはずだ。地元の下部組織のようなものが動いたのかもしれない。自然発生した民主主義のようなものので、スコーピオはまったく関知していないのかもしれない」

「不安なのですか？」ブラモルが言った。「負けたらと口にされた」

「カウボーイは最悪の敵だ」リーチャーは言った。「馬に痛めつけられているから、それ以上に痛めつけるのはむずかしい」

物陰から出て、宵闇の中を歩いた。かかとがコンクリートを打って大きな音を響かせる。ブラモルとマッケンジーが背後から近寄り、間隔を詰めた。歩道からはずれ、通りを斜めに横切る。まっすぐ車へと。

三人が動いた。進み出てリーチャーたちに向かってくる。鏡像のように、間隔を詰めてひとりが前に、ふたりが後ろに立っている。リーチャーは喧嘩の永遠のジレンマと戦っていた。速攻で先頭の男を倒してしまいたい。いきなり頭突きを食らわせて。歩みを止めもせずに。

たいていは賢明な一手だ。

しかし、つねにそうとはかぎらない。

リーチャーが足を止めるとカウボーイたちも足を止めたので、両者は二メートル半ほど離れて相対した。近くで改めて見るとなかなか有能そうだ、とリーチャーは思った。ふたりは四十代はじめ、もうひとりはそれより十歳は若い。若い男が先頭だ。ワニ革のブーツを履いた男が。

「あててみよう」リーチャーは言った。「おまえたちはメッセージを伝えるために来た。それはかまわない。だれにだって話を聞いてもらう権利はある。三十秒やる。はじめたいのならすぐにはじめろ。はっきり話せ。地元の言いまわしはわかるように伝えろ」

ワニ革のブーツを履いた男が言った。「もといた場所に戻れ、というのがメッセージだ。ここにいてもむだ骨を折るだけだ」

リーチャーは首を横に振った。

「そんなはずはない。メッセージを聞きまちがえていないか？　ここの人たちは総じて、よそ者を歓迎してくれるのに」

男は言った。「メッセージを聞きまちがえてはいない」

あとは黙る。

つからだ？」
リーチャーは言った。「立ち去らなければ尻を蹴飛ばすとおまえが言いだすのはい

男は答えなかった。

リーチャーは男を観察した。三人を観察した。引きさがるつもりはなさそうだ。しかし、向かってくるつもりもない。静かにしている。計画どおりにいかなくなったときの新兵の分隊に似ている。何かに気を削《そ》がれている。マッケンジーにではない。町から追い出そうとする切迫した場面の最中に、不自然なほどマッケンジーに目をやっているが、その視線は純粋に動物の生態によるものだ。顔に見覚えのある様子はない。たいていそれは口もとに現れる。

ワニ革のブーツを履いた男は言った。「だれの尻も蹴飛ばす必要はない」

「そうだな」リーチャーは言った。「少なくともわたしの尻は」

「だがあきらめたほうがいいぞ」

「対案を出そう」リーチャーは言った。「おまえたちがわたしに干渉しなければ、わたしもおまえたちに干渉しない」

男はうなずいた。同意したわけではないが、意味は理解したというふうに。リーチャーは「なあ、若いの」と言い、男を手招きした。まるで世界の指導者ふたりがひそかにことばを交わし、秘密を共有するかのように。

男の肘に手を置く。親しげで、あけっぴろげで、気さくな身ぶりだ。何かふたりで企んでいるようにすら見える。

手に力をこめた。

そしてささやいた。「おまえたちを送りこんだ人物に言っておけ。今回の相手はFBIやDEAやATFとはちがう。アメリカ合衆国陸軍だとな」

男は反応した。肘からそれが伝わった。リーチャーは男を放してやり、ふたたび二メートル半の距離が空いた。リーチャーは胸を張り、まっすぐに立った。職業柄、よく使っていたポーズだ。いずれ全員の思考は暴力に傾く。それには正面から立ち向かうほうがいい。まさか本気ではないだろうな、と伝えるほうがいい。だから顎をあげ、背筋を伸ばし、肩を後ろに引き、手の力を抜いて立った。サーカスの見世物ほどではないが、並みの大男よりひとまわりは大きい姿が充分に目立つように。さらにリーチャーの目は、たいていの人に好かれるが、瞬きして別人になることもできる。そういうときは、楽しい番組から、百万年前の先史時代の生存競争を扱った暗いドキュメンタリーへとチャンネルを変えたようになる。

不意にリーチャーはそのチャンネルを戻し、微笑してうなずいた。仲間意識や謙虚さを感じさせる態度で。ふたりしてからかい合っていただけに決まっていて、ほかの四人もそのうちわかるとでも言いたげに。

相手には名誉ある撤退の機会を与えてやるにかぎる。

男はその機会を使った。ふたりの大人がふざけていただけで、そういうのはよくあることだし、こんな美人の前だとなおさらふざけたくなるとでも言うかのように、微笑を返した。そして背を向け、ほかのふたりを連れて歩き去った。リーチャーは反対側の歩道に渡り、三人が角を曲がるのを見送った。カウボーイたちは柵際に前方駐車した巨大なクルーキャブのピックアップトラックに乗りこんだ。車がバックして走りだす。最初の十字路を左折し、見えなくなった。

「ほら」マッケンジーが言った。「戦いになるとはかぎらなかった」

リーチャーは何も言わなかった。マッケンジーを見つめた。それからピックアップトラックが曲がった十字路を見つめた。

何かおかしい。

おかしなことが重なっている。

ブラモルに言った。「うちで尋問の講座は受けたか？」

ブラモルは言った。「ゴムホースで殴る講座だけですな」

「尋問のこつはもっぱら耳を傾けることにあるとわれわれは教わった。あいつの言いまわしは妙だった。ことばの選び方が。最後にあいつはあきらめたほうがいいぞと言った。どういう意味だ？　何をあきらめる？」

「この調査でしょう」マッケンジーが言った。「ローズ捜しのことです。どう考えても。つまり、何かをあきらめるには、まずその何かをやっていなければなりませんし、わたしたちがやっているのはそれくらいです。ほかにあきらめられるものはありません」

「どちらにしろ、どんなたぐいの人間がわれわれのローズ捜しを気にかける？」

「あらゆるたぐいの人間が気にかけるでしょう。わたしたちはいろいろな人たちを怒らせているかもしれないのだから」

「どんなたぐいの人間が最も気にかける？」

マッケンジーは答えなかった。

〝おまえたちを送りこんだ人物に言っておけ〟。リーチャーの頭の中に、ウェストポイントに電話した際のシンプソン将軍の声が響いた。〝本人は捜されたくないかもしれない〟。

まさか、と思った。

30

リーチャーは言った。「最初にあの男は、ここにいてもむだ骨を折るだけだと言った。そして最後に、あきらめろと言った。冒頭陳述で礼儀正しく脅し、最終弁論でも礼儀正しく脅したわけだ。だが途中では、戦うのを拒んだ。その理由はひとつだと思う。動揺していたんだ。説明されていなかった新しい要素があったために。それを消化するのに時間がかかった。尻を蹴飛ばすために送りこまれたのに、相手も蹴り返してくる手合いだとその場で知ることになった。そういう警告は受けていなかったということだ。妙な話だ。この町でものを尋ねるとき、われわれは立ち姿をさらしていた。隠れてやったりしなかった。だれがわれわれの容姿を教えずに、メッセージを伝えさせようとする？」

マッケンジーは言った。「わかりません」

「われわれの立ち姿を見たことがなかったのかもしれない。われわれの姿をまともに見たことがなくて、砂利道ですれちがうときに車の中ですわっているおぼろげな人影を見ただけなのかもしれない。あくまでも仮説だが。つまりわれわれを覚えていたのではなく、車を覚えていたことになる。イリノイ州のナンバープレートを付けた黒のトヨタ・ランドクルーザーを。そこで車を探し出し、乗っているのがだれだろうとにかく追い払うよう三人の忠実な友人に頼んだ。捜されたくないから」

マッケンジーは言った。「それがあの三人の正体だと思うのですか？」

「そう思ったのは一瞬だけだ。今回の相手はアメリカ合衆国陸軍だと言ったら、若い男は反応した。気圧《けお》されたのかと最初は思った。だがすぐに、そうではなくて、自分を送りこんだ者もアメリカ合衆国陸軍の人間だから反応したのだと思った。あの男は奇妙なつながりに驚いた。どういうことなのかわからなかった。だから立ち去って報告したかった」

「ローズにですね」マッケンジーは言った。「つまりあの三人はローズの友人だと」

「ところがそうではない」リーチャーは言った。「ローズとはなんの関係もない。会ったこともないのはまちがいない。きみの顔を知っている様子がなかったからだ。きみの顔を知らずに双子のお姉さんと友人になれると思うか？　だからきみには、向こうの顔が見えるくらい近くに来てもらったのさ。向こうにもきみの顔が見えるように。三人がローズの友人なら、すっかり当惑してきみの顔を凝視していたはずだ。だがそうはならなかった」

「では、あの三人は何者なのです？」

「わからない」リーチャーは言った。


車でホテルに戻った。ブラモルは客室へ直行した。リーチャーは駐車場に残り、夜空を見あげた。黒く、広く、星がちりばめられている。星はとても明るく、何百万とあった。

アメリカ西部。

マッケンジーが出てきて、隣に立った。

そして言った。「わたしたちは見当ちがいの場所にいるのかもしれません」

リーチャーは空を見つめつづけた。

「この宇宙で？」と言った。

「この州で。だれもわたしの顔を知らないのなら、だれもローズを見ていないということになります。わかっているのは、ローズが六週間前にビリーのあまりにも広い縄張りのどこかにいたということだけ。指輪を交換したときに。それがこのあたりだとどうして断定できます？」

「根拠はポーターフィールドの家だ。ローズはいつも家にいたわけではなかった。屋根職人がそう言った。だが、ローズがミュール・クロッシングの交差点を通るところはだれも目撃していない。つまりほかの方向から出入りしていたことになる」

「それは二年も前の話です」

「なぜローズが引っ越す？」

「恋人が死んだからです。そういうことが起こると人は引っ越すものです。ショックを受けて」

「ローズはイラクとアフガニスタンで五度の軍務に就いた。もっとひどいショックも受けている。そういう人物なら状況を戦術的に評価する。まだだれにも姿を見られていない。仮住まいに差し迫った脅威はおよんでいない。家はそれなりに快適だったはずだ。ポーターフィールドを招けるくらいに。なぜそれを手放す？　代わりを見つけるのはたいへんだろうに」

「わたしなら引っ越します」

「ローズなら残る」

「あなたのほうが姉をよく知っていると？」

「五度の軍務に耐え抜くのがどういう人間なのかは知っている」

「あなたが正しいことを願っています」

「あすにはわかる」リーチャーは言った。「ローズの居場所はおおよそわかっている。いつまでも隠れていることはできない」

「あなたに飲み物をごちそうしたかったのに」マッケンジーは言った。「感謝をこめて。報酬を受けとってもらえないから。でも、このホテルにはバーがなくて」

「感謝してもらうまでもない」リーチャーは言った。

「バーがあればよかったのに、残念です」

「わたしも残念だ」

マッケンジーは何歩か歩いてコンクリート製のベンチに腰をおろした。

リーチャーは隣にすわった。

マッケンジーは言った。「結婚はしているの？」

「いや」リーチャーは言った。「でもきみはしているぞ」

マッケンジーは短くだが軽やかな笑い声をあげた。

そして言った。「取り留めもないことを訊いただけです。純粋に興味があって。フロイト的失言ではありません」

「ご主人のことを教えてくれ」

「いい人です。理想の夫ですね」

「子供は？」

「まだいません」

「わたしも取り留めもないことを訊いてかまわないか？　純粋に興味があって」

マッケンジーは言った。「かまいませんが」

「妙な質問だが、悪く取らないでもらいたい」

「努力します」

「それくらい美人だとどういう気分がするものなんだ？」

「確かに妙な質問ですね」

「すまない」

「あの三人があなたの体格を見て戦おうとしなかったとき、どういう気分がしました？」

「役に立ったと思った」

「わたしたち姉妹にとって、それは最低条件のようなものでした。父が大それた考えを持っていたせいで」

「お父さんは判事だったな」

「父は自分がおとぎ話の世界にいると思いこんでいました。何もかもが絵のようでなければならなかった。晴れた日にはわたしたちは白いコットンのワンピースを着て木のまわりを走ったものです。はじめのうちは髪がものを言いました。目立つ髪でしたから。妖精のような感じですね。それからこういう顔になりました。すると父は、わたしたちをだれと結婚させようかと夢見るようになりました。ばかなことだとわたしたちは思っていました。二十一世紀も間近のワイオミングに住んでいたのですから。ローズもわたしも、見た目を意識しないようにしていました。でも正直に言って、心の奥深くでは影響を受けていました。自覚していたのです。自分の一部になっていた。美しいことは醜いことよりましだと、たぶんわたしは心の奥深くでは考えています。生まれ変わってもこの顔になりたがると、心の奥深くでは知っています。そういう心の奥深くにあるもののせいで、浅はかな人間になっているのではないかと気にしてもいます。あなたの質問に答えると、こういう気分ですね」

「ローズも同じように感じていたのか？」

マッケンジーはうなずいた。

そして言った。「ローズは完璧主義者でした。頭がよくて努力家だったから、たいていのことは完璧にこなしました。見た目はローズが自分ではどうにもならなかったことのひとつです。でも、幸いなことにその分野でローズは問題なかった。心の奥深くでは大いに満足していたと思います。ローズはどの分野でも一番になりたかった。何もかもそろった人物になりたかった。そしてそうなった」

「なぜ軍にはいった？」

「それはお話ししたはずです」

「ローズなら男が玄関ポーチに足を踏み入れる前に撃つ、きみならもう少し様子を見るという話だったな。家に残ってもそれはできただろう」

「精神科医のソファにすわっている気がしてきましたね」

「それなら深く腰掛けて、映画の女優にでもなったと想像してくれ。ホテルにバーがあるとしよう。いまごろきみはわたしにコーヒーをごちそうしてくれている。ブラックで、砂糖はなしだ。コーヒーがなかったら、ビールを。国産の瓶ビールだ。きみは珍しい白ワインを飲んでいる。イリノイ州レイクフォレストにお住まいだからな。いまわれわれはテーブル席で話している。わたしはローズが軍にはいった理由を尋ね、きみは答える」

「ローズはやりがいのあることを探していたのです。おとぎ話は嘘《うそ》だった。父は郡の賢人などではなかった。はじめのうちは、これはもう伝統に近い仕事なのだとわたしたちは自分を納得させていました。何せ父は法律家でしたし、法律家は必ずなんらかの報酬をもらいます。訴訟よりも先に相談で。でも噂がありました。それが事実なら、汚れた報酬です。事実かどうかはわからずじまいでした。ローズとわたしは家を離れました。両親は家を売り、よその州に引っ越しました。わたしたちはそれを歓迎しました。もう近づきたくない場所でしたから。自分がだれか他人の劇で演技をしているにすぎないことを、わたしたちはずっと前から知っていました。そして脚本家本人も偽りの存在だったことがわかってしまった。わたしたちの反応は少しちがいました。ローズは現実感を求めるようになり、わたしは現実のおとぎ話を求めるようになりました。そしてふたりとも望みをかなえたということになるのでしょう」

リーチャーは何も言わなかった。

「そろそろ寝ますね」マッケンジーは言った。「話せてよかった」

暗闇にひとり残されたリーチャーは、コンクリート製のベンチに背を預け、星々を眺めた。


そのころ、五百キロ離れた地では、サウスダコタ州ラピッドシティにほど近いI－九〇号線沿いのトラックターミナルで、ワイオミング州のナンバープレートを付けてビニール製のキャンパーシェルを載せた傷だらけの古びたピックアップトラックに乗った男が、側道に車を進めていた。その先に屋内駐車場があると指示されていた。男はスタックリーという名で、三十八歳の働き者だった。歩んでいるのは人生の裏街道なのだろうが、いつも最善を尽くしていた。屋内駐車場の半分には使っていない除雪車などの冬用装備が並んでいると聞かされていた。もう半分には何も置いてないらしい。充分な空間があって、そこを自由に使っているという話だった。

扉の前に見張りがいると教えられていた。

　スタックリーは車を停め、運転席の窓をおろした。そして言った。「スタックリーだ。ミスター・スコーピオから連絡があったと思う。おれがビリーの仕事を引き継ぐことになった」

見張りは言った。「新しいビリーということだな？」

「今夜からそうなる」

「よかったな、スタックリー。中にはいって、五番の枠に停めろ。前から斜めに入れるんだ。車をおりてテールゲートをあけろ」

　スタックリーは言われたとおりにした。波形トタンに囲まれた空間に車を進める。飛行機の格納庫くらいの広さがあり、音が反響している。左手には巨大な黄色い機械が並び、夏のあいだは保管されている。右手には何もない。コンクリート製の床にチョークで斜めの駐車枠が書いてあった。一番から十番までの番号が振られている。一番が奥で、十番が手前だ。七番と三番はすでに車が停まっている。七番はバックドアをあけた古いダッジ・デュランゴで、三番は巻きとり式の荷台カバーを付けた錆《さ》びたシルバラードだ。スタックリーは自分のピックアップトラックを三番の手前で停め、五番の枠に前から入れた。車をおり、テールゲートをあける。

　それから腕時計に目をやり、深夜十二時を待った。時間は早送りできない。三番と七番のドライバーも同じように待っている。三人は会釈したが、必ずしもそこには親しみも警戒心もこもっていなかった。浮き沈みのある人生で運命をともにしているという単純な仲間意識からに近い。三人とも似た者同士だ。やがて古い黒の四輪駆動車がはいってきて、六番に駐車した。ドライバーがおり、周囲にうなずきかけ、バックドアをあけた。その脇に立って待つ。ほかの三人と同じような男だった。三十代後半、人生の裏街道を歩んでいるであろう男。

五分後には十個の枠がすべて埋まった。十台の車が一列に並び、十個のテールゲートやバックドアがあけられ、十人のドライバーが待っている。戸口から見張りが目を光らせている。スタックリーはふたたび時間を確かめた。もうじき十二時になる。見張りが携帯電話で通話を受け、耳を傾けてから切り、大声で言った。「あと二分だ。もうすぐ着く」

二分後、白のパネルバンが駐車場の裏側の扉からはいってきた。ハイウェイからおりたばかりに見える。スタックリーは長いことギャロップで駆けたあとに体をほてらせて息を切らしている馬を連想した。バンははいってすぐに停車し、バックドアを一番のトラックに向けた。運転手がバンをおり、後ろにまわってドアをあける。バンの後部から出されたいくつかの真新しい白い箱を一番のドライバーが受けとり、体をひねってピックアップトラックの荷台に滑りこませた。

バンの運転手が車に戻り、二メートルから二メートル半ほど移動させてふたたび停車した。二番のドライバーを相手に荷おろしの作業を繰り返し、危なっかしく積みあげた真新しい白い箱を渡した。二番のドライバーは向きを変えてそれを自分のトラックにほうりこんだ。つづいてバンが三番の男のところへ移動して空間ができたので、一番のドライバーは車をバックさせて枠から出し、直進してバンがはいってきた扉から出ていった。

よく考えられた作業だ、とスタックリーは思った。それに供給量が多い。自分の立っているところから、四番の男が受けとっているものが見えた。高用量のオキシコドンの徐放薬に、経皮吸収用のフェンタニルのパッチ。後者は濃度別に三種類ある。箱は光沢のある厚紙製で、色は清潔感のある白が使われ、品質は医薬品グレード。商品名もつけられている。本物だ。アメリカ製、工場直送。

純金並みの価値がある。

パネルバンが移動し、スタックリーは進み出た。スコーピオに指示されたものを受けとる。ビリーが売りさばいていたのと同じ量を。人が多くない田舎にしては相当な量だ。箱をキャンパーシェルの中にしまった。上から毛布をかぶせる。もっとも、窓から中は見えないだろう。ビニール製の窓はひびだらけで黄ばんでいる。車体工場で色をつけてもらうより効果がある。

パネルバンが七番の男に箱を渡しはじめるまで待ち、車をバックさせ、直進して扉から外に出た。

そのころ、グロリア・ナカムラは暗く静かな自分の車の中から、アーサー・スコーピオのコインランドリーの後ろにある裏道を見張っていた。コインランドリーの裏口が見える。二、三センチだけあけてあるのか、光に縁どられている。気温の高い夜だったが、暑すぎるというほどではない。先ほど忍び足で裏口に近づき、隙間から片目でのぞきこんでみたが、何も見えなかった。角度がきつすぎた。それで車に戻った。換気のためにドアまであけたくなるほど部屋を暖めてしまうものには何があるだろうと考えた。わかりやすいのは回転式乾燥機だが、深夜に裏の事務所で使うはずがない。

携帯電話が鳴った。

コンピュータ犯罪班の友人からだった。

友人は言った。「またスコーピオの電話が盗聴できなくなった。大型小売店にでも行って、電話をまとめ買いしたんだろう」

ナカムラは言った。「スコーピオは事務所にいる。たぶん電話をかけている。いま監視中よ」

「こっちでもスコーピオのものかもしれない電波をとらえた。ある程度は逆探知できる。コインランドリーから電波が発していれば、どこへの電波か推測できるんだ。この場合、スコーピオはここの北に電話をかけたが、それほど遠くはないね。そして同じ番号からテキストメッセージをいましがた受けとっている。新しいビリーの件も含めて、今夜は万事うまくいったとのことだよ」

「それはいつ？」

「たったいま。一分前」

「待って」ナカムラは言った。

ドアを縁どる光が太くなった。そして完全に消える。アーサー・スコーピオが夜の闇の中に出てきた。振り返ってドアを施錠している。それから車へと歩いていく。

ナカムラは言った。「スコーピオを尾行するべき？」

「ガソリンのむだだって」友人は言った。「家に帰るだけだよ。いつもそうだ」

「新しいビリーというのはどういう意味？」

「古いビリーに何かあったんだろうね」

リーチャーだ、とナカムラは思った。

ビリーが隠れた木は大きさが足りなかったのだろう。

リーチャーは迷信深い人間ではない。突飛な妄想や虫の知らせやなんらかの存在不安にとらわれることはない。だがその日は夜明けとともに目覚めると、ベッドにとどまった。動きたくなかった。枕に寄りかかり、向かいの壁の鏡に映った自分の姿を眺めた。遠すぎる人の形を。あいにくの一日になるという予感がした。軍人特有のものではない。ほかの職業でも多くの人が同じように感じる。起きると、過去と経験と疲れた直観から、新たな一日は何ひとつついいことがないと確信するときがある。

31

前日と同じように、三人は八時にロビーで待ち合わせた。ブラモルはまたシャツを替え、マッケンジーはまたブラウスを替えていた。リーチャーはおとといから同じ服だったが、またシャワーで石鹸《せっけん》をひとつ使いきって洗ってあった。三人は同じダイナーへ歩き、同じテーブル席に着いた。料理を注文すると、ブラモルが法的問題に対する合意を求めて語りだした。すなわち、リーチャーの仮説を信じるのなら、ポーターフィールドの家から砂利道を西へ行ったところにある古い牧場を重点的に調べることになる。捜索対象はかなり限定される。令状を申請できるほど明確に。こういう場合、通常ならば地元の法執行機関に通知する。義務ではないが、それが当然とされる。職業上の礼儀として。

「またわたしに警告しているんだな？」リーチャーは言った。「一から十まではっきりと警告しなければならないから」

「繰り返さなければならないこともあるのですよ」

「コネリー保安官は、ローズの家は犯罪現場の可能性があると主張するだろう。われわれは締め出される。だから言わないほうがいい。保安官はポーターフィールドがどこで死んだかをいまでも知りたがっている。どんな手がかりでも追うはずだ」

「ローズの家は犯罪現場にほかなりません」マッケンジーは言った。「その可能性があるどころではなく。少なくとも不法侵入がおこなわれています。あるいは、他人の土地を不法に占拠している。ワイオミングにはそうした法律があります。それに車の窃盗も考えられる。それにおそらくは麻薬も。それにいくらかは知りませんが、ローズは麻薬のために金を払っている。保安官にローズを見つけてもらいたくありません。ローズを拘束させたくない。二度と自由を与えられないかもしれない。わたしたちが先に見つけなければなりません」

「わかりました」ブラモルは言った。

車で南のミュール・クロッシングへ向かい、打ちあげ花火の看板のところで曲がって、砂利道を西へ進んだ。最初の五キロはだれにも出会わなかった。が、ビリーの家を通り過ぎてほどなく、遠くの地平線に小さな土煙が見えた。車が砂利道をこちらへ向かってくる。距離は三キロほどか。

〝ほかの車なんてめったに見かけないんだ〟。

あの隣人はそう言っていた。

「停まれ」リーチャーは言った。「路肩に駐車しろ。ローズなら尾行したい。あるいはローズの友人なら。ちがったら手を出さなければ問題ない」

ブラモルは前日と同じ操作をした。走行車線で完全に停車すると、都会の駐車場に入れるときのように慎重にバックした。道路に対して完全に直角に駐車したので、マッケンジーの側の窓が西を向いた。マッケンジーは窓をあげさげして土埃を落とした。

土煙が近づいてくる。まだ早い時間で、空気が冷たい。上昇温暖気流は発生していない。靄《もや》や陽炎《かげろう》も。接近する車がはっきりと見える。遠いから小さい。色は黒っぽい。それ以上は距離がありすぎてわからない。ブラモルはエンジンをかけたままにしていた。ギヤを入れ、ブレーキペダルを踏んでいる。左右のどちらへでもすぐに発進できる。

土煙が近づいてくる。車がさらにはっきりと見えてくる。古いか、鈍い色をしているか、あるいはその両方だ。朝の日差しを受けてきらめくクロムは見えない。塗装の光沢も。

「ローズの友人たちではありませんな」ブラモルが言った。「車が小さすぎる。あの三人のピックアップトラックはやたらと大きかった」

土煙が近づいてくる。車は茶色い。錆《さび》か、土埃か、日焼けした塗装で。そのどれなのかは判然としない。路面にしがみつくように走っている。高さよりも幅のほうがありそうに見える。

「ローズでもありませんね」マッケンジーが言った。「車高が低すぎる。ローズの車は真四角に近かった」

一分後、車は揺れたり跳ねたりしながら走り過ぎた。見たことのない車だった。傷だらけの古びたピックアップトラックで、ワイオミング州のナンバープレートを付け、ビニール製のキャンパーシェルを載せている。ハンドルを握るのは三十代後半くらいの男で、脇目も振らずにまっすぐ前を見ていた。

無関係の人物だ。

「先へ進もう」リーチャーは言った。

車は西へ向かい、ポーターフィールドの私道の前を通り過ぎた。さらに十七キロ進んで、相変わらず見つけにくい隣人の私道の前を通り過ぎた。その先には左右に三軒ずつ、合わせて六軒の家がある。虱潰《しらみつぶ》しにひとつずつ見ていくつもりだった。方針としては単純だが、実際にやるとなるとそうでもないかもしれない。巨大な地図帳には家や納屋を表す茶色い四角が整然と描きこまれていたが、マッケンジーが言うには、年月が経《た》つうちにずっとたくさんの建物が造られている可能性があるとのことだった。しかるべき許可を得ている建物もあれば、得ていない建物もある。考えられるのは、車庫、小さな納屋、トラクター用の納屋、薪小屋《まきごや》、発電機用の小屋、趣味用の小屋、使用人用の小屋、来客用の小屋、義理の親族用の小屋などだ。森の奥深くには夏別荘もあるかもしれない。ローズが隠れられる場所は百もある、とリーチャーは思った。だが文明的な場所を選んだはずだ。地下室や屋根裏部屋ではなく。広さもそれなりにある。木の上の家ではない。ポーターフィールドがときどき来ていたのだから。

最善を望め。

ひとつ目の私道の入口は左側にあった。そちらへ曲がると、ほかと同じような根と岩と石だらけで凹凸のある道がつづいていた。トヨタ車は太りすぎの山羊《やぎ》よろしくゆっくりと進んだ。標高が高くなっているので針葉樹やアスペンの数が増えていて、地形も山岳らしくなっている。道はずっと森の中を走っていたが、ヘアピンカーブの路肩だけ木がなく、東を見渡せた。パイのご婦人の家は遠すぎて見えなかった。最寄りの隣人なのに。大地の曲面が邪魔をしている。そこを過ぎると道はふたたび森の中にはいり、曲がりながらのぼっていった。

十キロ走ると、マッケンジーがあげたような建物が並んでいる二万平方メートルほどの荒れた敷地《しきち》に出た。

ほどほどの大きさの、すべて丸太で造られた古い母屋が一軒ある。少し離れたところに、同じくらいの大きさのやや新しい丸太小屋が一軒建っている。そのあいだに丸太造りの納屋や薪小屋や倉庫が並び、ふつうのトラックがはいれるくらい大きいものもあれば、物置小屋や犬小屋並みに小さいものもある。

まず三人がやったのは、ドアをノックすることだった。家にはだれもいなかった。意外ではなかった。何年も前から家は使われていないとリーチャーは推測していた。もっと前からかもしれない。タルカムパウダー並みに細かな赤い砂が風に吹かれて、ポーチの踏み段に積もっていたからだ。

つぎに三人がやったのは、周囲の様子を調べることだった。地面は風と雪解け水でなめらかになっている。きれいなものだ。新しいタイヤ痕がないのは確かだった。トヨタ車のタイヤ痕はできたばかりではっきりと目立っている。大ちがいだ。この時点で見こみはないとマッケンジーは思った。ワイオミングでの生活に車は不可欠だろう。だから車を使っている気配がないのは、生活している気配がないのと同じだ。ローズはここにいない。いろいろとある建物のどれかに泊まりこんでいることもない。リーチャーも同意した。ブラモルも。

三人は移動した。

私道を十キロ戻り、砂利道に出て、ふたたび西へ行った。ひとつ潰したので残りは五つ。十中八九、つぎの私道は右側にある。

「見てください」ブラモルが言った。指を差す。

まだ遠かったが、前方に別の土煙が立っていた。先端に別の車がいて、こちらへ向かってくる。ほかの車なんてめったに見かけない？　そうでもないらしい。タイムズスクエア並みになってきている。

トヨタ車は走りつづけ、間隔を詰めた。

大型の車が迫ってくる。

「ローズの友人たちかもしれません」マッケンジーが言った。「同じ大きさのピックアップトラックです」

「道をふさげ」リーチャーは言った。「停車させろ」

ブラモルはアクセルペダルから足を離して左にハンドルを切り、車が道の中央をまたぐようにした。ハザードランプをつけ、ハイビームを繰り返し照射しながら、膝までの高さがある岩棚と排水溝にはさまれた百メートルほどの道をゆっくりと惰性で進む。半ばほど行って停車した。これなら逃げられない。エンジンはアイドリング中だ。ハザードランプがせわしなく点滅している。ブラモルはヘッドライトをモールス信号のように無作為な間隔でつけたり消したりした。

前方で大きなピックアップトラックが速度を落とした。後ろの土煙がつかの間追いつき、薄れて消えていく。距離を置いて最後の対決に臨むかのように、ピックアップトラックは三百メートル西で道の中央に停車した。

「ひとりではないな」リーチャーは言った。「どうするかで揉《も》めている。それで車を停めて相談している」

リーチャーたちは待った。

前方でピックアップトラックが進みはじめた。ゆっくりと。駐車場で空きを探すときのように。そのまま向かってくる。あと二百メートル。百メートル。五十メートル。

昨晩見たのと同じクルーキャブだ。やたらと大きく、エンジン音を響かせている。乗っているのは三人。同じ男たちだ。それはまちがいない。十五メートル離れて停まった。ブラモルはハザードランプを消した。一瞬、情景が凍りついた。広大な原野のただなかを走る細く赤い道の上で、二台の車が近くで向かい合い、エンジンをアイドリングさせている。

マッケンジーがトヨタ車をおりた。

ブラモルもおりようとしたが、リーチャーはその肩に手を置いた。

「話がある」リーチャーは言った。

「なんでしょう」

「あんたの依頼人のことだ。きょうはマッケンジーにとってつらい一日になる」

「何が起こるかおわかりだと？」

「残念ながら」リーチャーは言った。「筋が通るのはそれしかない」

だがマッケンジーはすでに背を向けて苛立《いらだ》っているそぶりをしていたので、ブラモルも車をおりてその隣へ行った。リーチャーもおりて三歩後ろに立った。クルーキャブからワニ革のブーツの男と連れのふたりがおりてくる。六人が三人ずつふた組に分かれ、古代からの本能にしたがい、二台の車のフロントグリルのあいだに広がる無人の土地に目を走らせた。両者は中間で顔を合わせ、礼儀正しく一メートル半の距離を空けた。これも古代からの本能で、それだけ離れていれば短剣を突き出しても届かない。

ワニ革のブーツの男が言った。「メッセージに変更はないぞ」

「それについては考えてみた」リーチャーは言った。「煎じ詰めれば、われわれはもといた場所に帰るべきだというのがメッセージのおもな検討事項だな。それだと提案に近く聞こえる。おまえたちの行儀のよさを考えて、要請ということにしておこう。そして要請は完全に理にかなっている場合が多い。それはだれもが知っている。わたしなら百万ドルに加えてミス・ワイオミングとのディナーデートを要請したいところだが。しかし、要請の肝心な点は、拒否される可能性もあるということだ。失礼ながらとか、誠に遺憾ながらとかのことばを添えて。だとしても拒否には変わりない。いまの状態はそれだ」

「承服できないな」

「受け入れろ。われわれはここに残る。このあたりの地主に迷惑がかかっても、州法で賠償の請求権が認められているはずだ」

男は言った。「下手に出るのもいまのうちだけだぞ」

「忠告しておくが、これからも下手に出たほうがいい。もしわれわれが負けたとしても、おまえたちもただでは済まない。ふたりは病院送りだ。最善の場合でも。だがわたしの見立てでは、あいにくだが最善の場合にはならないだろう。われわれが負けるとは思えない。三人とも病院送りだ」

男はしばし黙りこんだ。

それから言った。「わかった。要請ということにする」

リーチャーは言った。「理解し合えたようでよかった」

「ここにいてもむだ骨を折るだけだぞ」

「要請したのはだれだ？」

「教えるわけがない。プライバシーにかかわる問題だからだ。わからないのか？」

リーチャーは言った。「電話は持っているか？」

「だれにかけるつもりだ？」

「写真を撮れ。動画ならなおいい。おまえたちの電話で動画は撮れるか？」

男は言った。「撮れるはずだ」

「われわれは名前を言うだけだ。経歴も少しは言うだろう。電話に向かって。終わったら電話を持ち帰って、要請した人物に見せろ。関係者全員にとってそれが公正な方法だ」

「あんたたちに尾行されるかもしれない」

「それはしないと約束する」

「どうして信用できる？」

「おまえたちはこのあたりのどこかに住んでいる。それはわかっている。確率は五分の一にまで絞りこめている。遅かれ早かれ見つける。あとは時間の問題にすぎない」

男は答えなかった。

「だがこのやり方のほうがいい」リーチャーは言った。「こちらのほうが望ましい」

男は答えなかった。しかし、結局はうなずいた。後ろにいたひとりが電話を持って進み出る。指を開いて電話を水平に突き出し、寄り目になって言った。「いいぞ」

マッケンジーは言った。「ジェーン・マッケンジー」

ブラモルは言った。「テリー・ブラモル、シカゴの私立探偵」

リーチャーは言った。「ジャック・リーチャー、退役軍人、第一一〇憲兵隊の元指揮官」

後ろにいた男は電話をおろした。

リーチャーは言った。「ここで待っている」

「二、三時間はかかるかもしれない」ワニ革のブーツの男は言った。「水はあるのか？」

後ろにいたもうひとりがピックアップトラックからトヨタ車へ水のボトルをいくつか運んだ。それからカウボーイたちは車をバックさせ、転回して走り去った。後ろで土煙が立ち、回転して上昇したり下降したりしながら宙を漂った。コミックの〝ビュー ッ〟という擬音のように、行き先を指し示す目印になっている。

ブラモルが言った。「尾行しますか？」

「いや」リーチャーは言った。「職業上の礼儀だ。義務ではないが、それが当然とされる」

マッケンジーが言った。「あなたにはわかっているのでしょう？」

「わかっていることはふたつある」リーチャーは言った。「ローズはここに住んでいる。そしてだれもきみの顔に見覚えがない」

32

ブラモルは岩棚が途切れて排水溝がふさがっているあたりまで車をバックさせた。車体を少し斜めにして、西向きで路肩に駐車する。リーチャーはもらった水を飲み、岩棚へ歩いて日だまりにすわった。夏の最後の日差しだ。だれも口を利かない。ブラモルはほぼずっと車の中ですわり、人生とは耐えることだと学んだ人のごとく、なんの表情も浮かべていない。マッケンジーはほぼずっとひとりで立ち、リーチャーとは反対側で車から距離を置いている。上空でカラスが旋回し、見おろして気が早いと悟ったのか、飛び去っていった。

結局、二時間もかからなかった。九十三分だから、一時間半と少しだ。遠くにおぼろげな土煙が立ち、先端の黒い点がしだいに大きくなって、だれの車かわかった。クルーキャブに乗った三人の男。戻ってきた。前と同じように十五メートル手前で車を停め、おりて歩み寄ってくる。

リーチャーとブラモルとマッケンジーはそれを出迎えた。六人が三人ずつふた組に分かれ、礼儀正しく一メートル半の距離を空けて立ち止まった。

ワニ革のブーツの男が言った。「ミセス・マッケンジーだけだ」

リーチャーは待った。

マッケンジーは言った。「いいえ、三人ともです」

男は押し黙った。

リーチャーはふたたび待った。向こうのプランBを。プランBがあるのは見通していた。用意せずに来たら愚か者だ。

男は言った。「いいだろう」

背を向けて車に戻り、三人でクルーキャブに乗りこんだ。

リーチャーはトヨタ車に乗りこんだ。クルーキャブに乗りこむ。ブラモルとマッケンジーとす。ブラモルもあとにつづき、クルーキャブがバックして転回し、西へ走りだあまりにもひどい土煙をかわそうと右に左に蛇行しながら後方を進んだ。

クルーキャブは右側のふたつ目の道にはいった。ブラモルもつづく。道は広かったが、路面の状態は悪かった。根に、岩に、石。前方のクルーキャブは沈んだり跳ねたりしている。すり減ったタイヤが石の上で滑って甲高い音を立てた。左右には木々が並び、その大半は針葉樹で、風に吹かれてざわめいている木もあれば、静かに立っている木もある。遠くに金色の輝きが見えるが、ほとんどはアスペンが最も育ちやすい峡谷から発している。道は曲がりくねりながら木々や車ほどの大きさがある岩を迂回《うかい》していく。高く積み重なったり、頭上に張り出したりしている岩もあった。

ゆっくり六キロ進んだところで、建物が現れた。丸太造りの別荘らしい。住めるが、長く住むには適さない。ずっと住める家ではない。窓は埃まみれで、人けはない。空き家だろう。クルーキャブは停まらなかった。四つのタイヤすべてを使って進みつづけ、一キロあとで別の同じような小屋の脇を通り過ぎた。やはり窓は埃まみれで、人けはない。空き家だろう。昔ながらのキャンプ場に似た地取りの区域を走っているらしいとリーチャーは推測した。森に点在する空き地に宿泊施設が一軒ずつ建ち、いま走っているような曲がりくねった小道で結ばれている。それなら、いずれこの道は中心施設のようなものに至るはずだった。

そのとおりになった。道は木々に覆われた斜面の下をまわって、開けた場所に出た。最初は何もない青空に見えたが、実際は山裾の小さな高原で、北と東がどこまでも見渡せた。太い丸太で造られた広々とした建物が一軒ある。商業施設ではない。事務所でもキャンプのクラブハウスでもない。家族が住む母屋だ。これまでの小屋は来客を泊めるところだったのかもしれない。あるいは子供や孫を。もしかしたら曾孫を。家父長の夢のようなものだ。所有者は郡の大物だったのだろうか。

クルーキャブは停まらなかった。

リーチャーたちもつづいた。大きな家をあとにして別の曲がりくねった道を進み、木々のあいだを巧みに走るカーブを抜け、さらに逆方向へのカーブを抜けると、別の空き地へ出た。岩を基礎にして高い位置に小屋が設けられ、小さな裂け目のような峡谷を見おろしている。峡谷は南西へ向かって崩れていて、そちらは木々がまばらなので何もない平原と遠くの地平線を望める。夕暮れどきのマジックアワーには玄関ポーチからさぞかし絶景が堪能《たんのう》できることだろう。家本体は丸太造りで、子供が描く絵のようにこぢんまりとして飾り気がない。中央にドアがひとつ、左右に窓がひとつずつあり、緑色の金属製の屋根と煙突を備えている。文明的だ、とリーチャーは思った。広さもそれなりにある。木の上の家ではない。しかも人里離れていて、具合よく隠され、これ以上ないほど秘密を守りやすいのに、ポーチからは景色が楽しめる。

これを手放すはずがあるものか。

家の隣に納屋があり、戸があいている。

中には古いＳＵＶが停まっていた。旧型で、真四角に近い角張った車体はへこみだらけで、錆と赤い砂埃で覆われ、焼け焦げているように見える。

前方でクルーキャブが停車した。

ブラモルも車を停めた。

ワニ革のブーツの男がおりた。トヨタ車の助手席へ歩き、ドアをあける。

そして言った。「ミセス・マッケンジーが先だ」

マッケンジーはおりた。男が踏み固められた小道を歩き、ポーチの踏み段をのぼってドアへと連れていく。男がノックし、マッケンジーは待った。小柄な体で、顔を引き締め、髪を四方八方になびかせながら。

中から返事があり、男はホテルのベルボーイのようにドアをあけて押さえた。マッケンジーは一瞬だけ間を置いてから、男の脇を抜けて中へ歩み入った。男は外からドアを閉め、ポーチからおりて自分のピックアップトラックに戻った。

音はしない。

動きはない。

「ローズ・サンダーソンがあそこに？」ブラモルが言った。

「そうだ」リーチャーは言った。

「わかっていることがふたつあるから、それもわかったということですか」

「全部で三つだ」リーチャーは言った。「残りのひとつは言っていない」

「ローズがここに住んでいること、町のだれも妹の顔に見覚えがないことはわかっていますね」

「そしてローズが名誉戦傷章を受章したこともわかっている」

ブラモルは長いあいだ黙りこんだ。

「顔を負傷したのですね」

リーチャーはうなずいた。

「そうにちがいない」と言った。

「重傷だったのでしょうか」

「だれも妹の顔に見覚えがないほど重傷だ。いつも隠れているほど重傷だ。顔を見られまいとするほど重傷だ。屋根職人が屋内で作業するときは寝室に引きこもるほど重傷だ」


ブラモルは車の中ですわっていたが、リーチャーはすわりどおしで体がこわばっていた。外に出て、少し歩くことにした。ウィスコンシンでのトイレ休憩のときのように、体をほぐしたくて。ポケットから指輪を出した。金線細工、黒い石、小さなサイズ。〝S．R．S．2005〟。これだけ広大な自然に囲まれたところだと、指輪はありえないほど繊細で、複雑で、精巧に見える。

峡谷の縁へ歩き、景色を眺めた。八十キロ先まで見渡せる。コロラドの一部も見えるが、大半はワイオミングだ。澄んだ薄い空気、果てしなく広がる黄褐色の平原、尖《とが》った木々、露出した岩、靄のかかった山々。動くものは何もない。無人の惑星にひとりきりでいる気分だった。ここなら隠れやすい。だれの姿も見ず、だれにも姿を見られない。これ以上の場所はない。

〝本人は捜されたくないかもしれない〟。

向きを変え、納屋へと歩いて、古いSUVを観察した。旧型のフォード・ブロンコで、チェーンソーで丸太の彫刻をしている男にキャスパーからララミーまで乗せてもらった車とメーカーもモデルも同じだ。あれもありふれた車だったが、ローズ・サンダーソンの車はいっそう魅力に乏しい。風と砂にこすられて下の金属が剝《む》き出《だ》しになっている。金属はもとの鉱石に戻ってしまったように見える。傷や穴だらけで、軽くぶつかったあとがあちこちでへこみを作っている。まともなパネルはひとつもない。タイヤはすり減っている。フロントグリルからはガソリン臭がした。

トヨタ車に戻った。マッケンジーが家にはいってもう一時間になる。ブラモルは窓をおろしていた。換気のためだろう。澄んだ薄い空気は日向《ひなた》では暖かく、日陰では冷たい。

ブラモルは言った。「あいにくの一日になりましたな」

「朝からそんな予感がした」リーチャーは言った。

「同行したがる依頼人はいつだって厄介です。同行していなければ、心の準備をさせてあげられたのに。少しは状況を整理してあげられたのに」

「あんたはもうお役御免だと思う。わたしを置いていかないでくれ。町に戻る足が要る」

「先に指輪を返さないと」

「もうそれは重要ではない。そういう状況ではない。ミセス・マッケンジーが渡せばいい」

「すぐには出発しませんよ」ブラモルは言った。「理由のひとつは、ミセス・マッケンジーが契約の延長を頼んできそうだからです。なんらかの助力を求めて。わたしに助力を求めないにしても、少なくともホテルまでは送ってもらいたいでしょう。あるいは空港まで」

「ここでも電話は通じるか？」

「峡谷の前へ行けばアンテナは二本立ちます」

「家も同じだろうな。ローズはここから電話をかけたのかもしれない。静かにして、サイ、いま電話中なの、などと言ったときだ。ここかポーターフィールドの家だろう。どちらかのはずだ」

「ポーターフィールドについていろいろ尋ねるおつもりか？　この件ではわたしは多数派です。熊云々《うんぬん》の話はまずまちがいなくでたらめでしょう」

「そのつもりだったがやめた。依頼人が同行したせいだ。物語は感動の再会へとひとっ飛びしてしまった。こうなったらサンダーソンはわれわれと話さないだろう。話そうとすら思わないはずだ。なぜ話さなければならない？　長いあいだ音信不通だった双子の妹が玄関先に現れたのに、タクシーの運転手を家に招き入れるわけがない。よけいなおしゃべりをしている場合ではないだろうさ」

「その物語を知りたかったのでしょうに」

「ほとんどはわかっている」リーチャーは言った。「終点の三十キロほど手前で結末に至っただけだ」

さらに二十分が経つと、玄関のドアがあいてマッケンジーがポーチに出てきた。振り返ってドアを閉める。傍目《はため》にもわかるほど深くゆっくりと呼吸しながら、そのまま一分あまりも立ち尽くしている。それから低木の茂った小道におり、歩きはじめた。ブラモルとリーチャーは車をおりて出迎えた。さっきまで泣いていたのだろう。それはまちがいない。

はじめのうち、マッケンジーは何も言わなかった。まるで話す力を失ってしまったかのようだった。唇が動いて音を発しても、ことばが出てこない。

「落ち着いて」ブラモルが言った。

マッケンジーは息を吸った。

そして言った。「姉はいますぐミスター・リーチャーと話したいそうです」

リーチャーははじめは驚いて、つづいていぶかしげにマッケンジーを見つめたが、何も訊かなかった。なんと言えばいいのかわからなかったからだ。サンダーソンの状態はひどいのだろうか。予想していたよりも。

マッケンジーは打ちひしがれた顔で見返し、半ば肩をすくめ、半ばうなずいた。すべての問いに対して肯定と否定を同時におこなうかのように。

リーチャーは低木の茂った小道を歩き、ポーチにあがった。

33

ノブをまわしてドアをあけ、中へ歩み入った。ゴシックふうの仰々しい幻想的な光景のようなものを頭のどこかで予想していた。覆いのされた窓、暗闇、どこかで燃えている一本きりの蠟燭《ろうそく》、厚いベールの向こうで静かに話すおぼろげな人影といったものを。実際には、ハチミツ色のつややかな木材で造られた家をまばゆい陽光が満たしていた。玄関のドアをあけた先がリビングルームになっている。こぢんまりとした清潔な部屋だが、ほとんど何もない。あるものと言えば二脚の大きな肘掛け椅子くらいで、話がしやすそうなほどよい角度をつけて暖炉の両側に置いてある。

左側の椅子にローズ・サンダーソンがいた。

首から下は妹に瓜ふたつだった。見まがいようがない。すわり方も、くつろぐ姿勢も、手首の角度も、指の広げ方も、腰の傾け方もまったく同じだ。生き写し。

首から上はそうとは言えない。いまはもう。銀のトラックスーツの上を着て、フードをしっかりとかぶっている。紐《ひも》を前できつく結んでいるので、楕円《だえん》形に切りとられた顔しか見えない。左側は凹凸のある不ぞろいな瘢痕《はんこん》がクモの巣状に広がり、右側はアルミ箔で覆われ、厚塗りした軟膏《なんこう》らしきものがにじみ出ている。アルミ箔は頭の形に合わせて押しつけてある。片側だけの仮面のように。

銀色。

汗は掻《か》いていない。震えてもいない。目はふつうだ。いや、ふつうでは済まない。深く安らぎ、満ち足りている者の目だ。

サンダーソンは言った。「妹から聞いた話に関して、あなたに尋ねたいことがある」

同じ声だった。同じ調子、同じ音程、同じ音量。リーチャーはサンダーソンと握手を交わし、空いている椅子に腰をおろした。近くで見ると、顔の左側になんらかの再建手術が施されているのがわかった。小さな断片を縫い合わせてある。右側は自家製のアルミ箔の湿布に隠れている。

リーチャーは言った。「何を尋ねたい？」

「あなたは質屋でわたしのクラスリングを見つけたそうね」

「そうだ」

「ということは、あなたがこの件にかかわったのは偶然にほかならなかった」

「そうだ」

「でも、それが事実でも事実でなくてもあなたはそう言うように思える。そしてわたしの妹はそういう話を信じやすいたぐいの人間のように思える」

「ほかのどこできみの指輪を見つけると言うんだ？」

「たとえば警察の証拠品保管庫で」

「わたしの正体を勘ぐっているのか？」

「いまでも第一一〇憲兵隊に属しているのかもしれない」

「それは大昔の話だ」

「だったら、なぜ動画でそう名乗ったの？」

「軍の人間だというのが作り事ではないと伝わるように。好んで第一一〇憲兵隊の名を出す者はいない」

サンダーソンはフードの内側でうなずいた。顔のアルミ箔がこすれて小さな音を立てる。

リーチャーは言った。「第一一〇憲兵隊が会いにくると思っていたのか？」

「第一一〇憲兵隊とはかぎらないけれど」サンダーソンは言った。「その同類が会いにくるかもしれないと思ってはいた」

「なぜ？」

「理由はいろいろとある」

「わたしはちがう」リーチャーは言った。「わたしはただの通りすがりだ。それ以上ではない」

「ほんとうに？」

「誓うとも」

もうこの件は片づいたかのように、サンダーソンはふたたびうなずいた。

この動作をするのも最後だと思いながら、リーチャーはポケットから指輪を出して渡した。サンダーソンは手のひらの上でそれを転がし、四方から眺めた。微笑を浮かべる。アルミ箔が音を立て、左の頰にジグザグの皺《しわ》が現れた。顔の構造が壊れているのかもしれない。そこだけ縫合が弱いのだろうか。

サンダーソンは言った。「ありがとう」

リーチャーは言った。「どういたしまして」

サンダーソンは言った。「正直に言って、これを目にすることは二度とないと思っていた」

そして指輪を返した。

「あなたに四十ドル払わないと」サンダーソンは言った。「いまは持ち合わせがない」

「もらってくれ」リーチャーは言った。

「それなら受けとる。ありがとう。でもいまは受けとれない。預かってくれない？ひと月ばかり。用意ができたら連絡する」

「また交換に使ってしまうのが心配なんだな」

「最近は急に何もかもが途方もなく高くなっているから」

「やりくりするのはたいへんそうだ」

「たいへんよ」

「第一一〇憲兵隊やその同類を警戒しているのもそのあたりが理由か？」

サンダーソンは首を横に振った。

「自分が手を染めていることに関しては心配していない」サンダーソンは言った。「だれもわたしの状況には興味を持っていない。わたしのような人間には見切りをつけるから」

「それなら、なぜそういう連中が会いにくると思っていた？」

「別件で。わたしの友人の事件はまだ捜査が終わっていない。二の次にされていても、なんらかの捜査はおこなわれているはず。いずれ充分な材料がそろう」

「なんのための？」

「事件を見なおすための。いずれだれかを送りこんでくるといまでもわたしは想定している。一瞬、あなたがその人物なのかと期待した。小道具でわたしの指輪を持って会いにきたのかと。でもどうやらちがうようね。それならそれでかまわない。確認したかっただけだから。もう一度、中に来るよう妹に伝えてくれる？」

マッケンジーはトヨタ車の助手席にいた。肌が青ざめている。染みひとつない顔はあまりにも鮮烈で、ありえないほどなめらかで、ありえないほど完璧に見えた。ローズがもう一度会いたがっているとリーチャーは伝えた。マッケンジーは物問いたげに見返した。何を訊きたいのか、リーチャーにはわからなかった。死なかっただけましだという同意でも得たいのかもしれない。何か楽観的な意見を聞きたいのかもしれない。それともちがうのか。リーチャーにはわからなかった。だから便利に使えるわからないという表情を浮かべると、マッケンジーは理解したかのようにうなずいた。車をおり、小道を歩いて家へ向かう。ふたたび中にはいった。

ドアを閉める。

リーチャーはマッケンジーの代わりにすわった。

ドアを閉める。

ブラモルが言った。「どうでしたか」

「かなり悪い」リーチャーは言った。「治っていない」

「ローズの状態は？」

「ドラッグ漬けだ」

「種類は？」

途方もなく高くなっているものらしい。質のいいものを引きつづき求めているようだ。まだトイレの個室は使っていない」

「ノーブル捜査官の話だと、いまごろはトイレの個室を使っているはずでしたが。DEAはすべての荷を追跡しているらしいのに」

「現実を示された日には病欠していたのかもしれないな。何事も百パーセントはうまくいかない」

「ローズは何を話すためにあなたを呼んだのです?」

「いつかどこかの捜査官が現れて、ポーターフィールドの件を尋ねてくると思っていたようだ。わたしがそうでなくて失望していた。まだ捜査は終わっていないと思っている」

ブラモルは答えなかった。

リーチャーは尋ねた。「ミセス・マッケンジーはどんな話をした?」

「いい話はひとつもありませんでした」

「朝からそんな予感がした」

「ローズ・サンダーソンはアフガニスタンの小さな町の外で、路肩に隠されていた即席爆発装置の破片を五つ、顔に浴びたそうです。破片はほとんどが金属の小片だったようで、おそらく町工場から出た金属くずでしょう。ローズにあたった五つの破片は顔の大部分を剝ぎとり、残った部分も細かな金属粒の混ざった爆風によってひどく削られました。しかし、今日の野戦病院は奇跡を起こせる。失われた部分の大半をヘルメットの中に見つけ、もとに戻して縫い合わせました。有名な形成外科医がわざわざ担当したとか」

「しかし？」リーチャーは言った。

「大きな問題はふたつあります」ブラモルは言った。「医師たちは確かにすばらしい仕事をしました。それは疑いようがない。ベトナム戦争のころならまちがいなく戦死していたし、数年前でもそれは同じでしょう。医師たちは卓越した手腕を発揮した。しかし、見事な仕事だったにしても、実際はお粗末な出来栄えだった。それが限界だったのです。ローズにはジグソーパズルじみた傷が残った。どこもうまくつながっていない。どこもうまく動かない。ホラー映画のような見た目になった。これでもいい知らせのほうです」

「悪い知らせは？」

「爆発装置は犬の死体の中に隠されていた。あのあたりではよく使う手のようです。ローズの場合、犬は死んでから四日ほど経っていたらしい。腐りかけです。暑い地域ですから。爆風は腐った組織や壊死《えし》性の病原体やありとあらゆる黴菌《ばいきん》を頭部の皮膚の奥深くにめりこませた。四年も経っているのに、いまだに感染症は治っていない。膿《うみ》が出て、二重の意味でモンスターじみた見た目になっている。始終痛むようです」

リーチャーは長いこと黙っていた。

それから言った。「妹に言わなかったのも不思議ではないな」

「そのあたりについてはこれから話し合うのでしょう」

「一年半前からローズが連絡しなくなったのはなぜだ？」

「その話題はまだかと。でも、きっとポーターフィールドがらみでしょう。ほかには考えられません」


リーチャーはまた車から出た。外の空気が吸いたかった。ふたたび峡谷の縁へ歩き、遠くの景色を眺めた。細長い窓を通して見ているかのようだ。背後の家は木々の茂った丘に囲まれている。所有者はだれなのだろうと思った。

クルーキャブのピックアップトラックへ歩み寄った。窓はすべておろしてある。中では三人の男が背もたれに寄りかかっていた。辛抱強く。エネルギーを節約して。それなりの時間がかかると知っている。カウボーイらしい態度なのかもしれない。

ワニ革のブーツの男が目をあげた。

リーチャーは言った。「下手に出るのもいまのうちだと言っていたな。そのとおりだ。おまえはずっと下手に出てくれていた。それははっきりさせておきたい」

賛辞を受け入れたかのように、男は頭を動かした。

リーチャーは言った。「きっかけは?」

「おれたちは住む場所を探してた。たまたまここを見つけた。ローズがすでに住みついてた。それでもおれたちを追い出そうとしなかった。腰を落ち着けるのを手伝ってくれた。おれたちもいくつかのことでローズを手伝った。一種の用心棒になった。ローズは人に見られるのをいやがるから」

「それはいつのことだ」

「三年前だ。ローズは軍を辞めたばかりだった。ここに移り住んだばかりだった」

「ここの所有者は?」

「少なくとも三年も来ようとしないどこかのだれかさ」

「おまえはサイ・ポーターフィールドを知っているな」

「何度も会ったことがある」

「熊の話はどう思った?」

「だれでもそうすると思ったね」

「ポーターフィールドは仕事は何をしていた?」

「一度も訊かなかった。知ってるのは、あいつのおかげでローズが幸せそうだったことだけだ」

「いまのローズはドラッグ漬けになっている」

「責める気か？」

「そんな気は毛頭ない。だが、供給が滞っているらしいから心配している」

「その件は話せない。あんたの正体がわからないから」

「わたしは妹さんの味方だ」

「そうとも言えない。もうひとりの男は妹が雇った探偵だ。あんたの正体はだれにもわからない」

「わたしは警官ではない」リーチャーは言った。「重要なのはそこだけだ。そういう品物に興味はない。しかし、ビリーがいなくなってしまったためにローズは困るかもしれない。わたしが考えているのはそれだけだ」

「ビリーのことを知ってるのか？」

「除雪車を運転していた。粉っぽいものの扱いがうまかったようだな」

「あんたには軍の警察にいた過去がある」

「だれにだって過去はある。おまえもいまなら牛の脇を通り過ぎても貨車に追いこみたくはならないはずだ。ビリーは戻ってこないぞ。わたしはローズがうまくやれることを願っている。言いたいのはそれだけだ」

男は言った。「もうビリーの代わりがいる。けさここに来た。スタックリーという男だ。感じのよさそうな男だった。保険会社で働いてる従兄弟《いとこ》を思い出したよ。だからまたすべて安泰だ。これまでどおりに戻るさ」

リーチャーは言った。「ローズは何を買っている？」

「オキシコドンとフェンタニルのパッチだ」

「そういう品は過去の話になったと聞いたが」

「高い品になってる」

「幻の品になっているはずだと聞いた。どこから流れている？」

「正規品だ。いつもそうさ。白い箱にはいってて、商品名がつけられてる。アメリカ製で、工場直送だ。使えばちがいがわかるようになる」

「おまえたちも使うのか？」

「ときどき少しだけな。たまにくつろぎたくなったら」

「その手のものはいまでは入手困難だと聞いた。あれはまちがった情報だったのか」

「まちがってない」男は言った。「実際のところ、いまでは入手困難だ。ほとんどの土地では恐ろしく困難になってる。だがここはちがう。それがあんたたちにとっては大きな問題になる。これからどうするつもりかは知らないが、このことは頭に叩《たた》きこんでおいたほうがいい。ローズはここから動かないぞ。一センチたりとも、百万年経っても。動けるわけがない。ここに縛りつけられてるんだから。それがどういうことか、あんたたちはわかってない。ローズの立場から考えてみろ」

34

マジックアワーは太陽の一日の旅の締めくくりで、六十分間のさよなら公演のようなものだ。落日の光が大気に斜めに差しこみ、色を赤く染めて影を長く伸ばしている。リーチャーはポーチの踏み段にすわり、黄褐色の平原が金色から薄茶色へ、そして真紅に変わっていくのを眺めた。ブラモルはそこより下の、峡谷の縁の岩に腰掛けている。クルーキャブの男たちは地べたにすわって木に寄りかかっていた。

ドアがあき、マッケンジーが出てきた。

立ちあがったリーチャーの脇を抜けて踏み段をおり、低木のあいだに延びる小道を歩いていく。クルーキャブの男たちも立ちあがって埃を払った。マッケンジーは私道の入口で男たちと向かい合い、ひとりひとりの手を握って、姉の世話をしてくれていることに礼を言った。

そしてブラモルに言った。「ホテルに戻ります」

姉をここに残していくのは抵抗があるけれど、そうするしかないとマッケンジーは語った。ローズはここが好きだし、必要なものもそろっている。たとえ医師の診察を受けるためだろうと、ひと晩ここを離れることさえ断固として拒否した。病院や退役軍人保健局に行くのも、クリニックやリハビリセンターを探すのも、イリノイ州レイクフォレストで暮らすのも、検討することすら拒否した。

「時間を与えるべきです」ブラモルは言った。

かつてのミュール・クロッシング郵便局の交差点を曲がり、二車線道路を走ってラミーに戻った。町で食事を済ませ、ホテルへ行き、車を停めた。ブラモルはおやすみなさいと言った。リーチャーはまた駐車場に残った。前と同じ夜空が広がっている。やはり広く、黒く、何百万もの明るい星がちりばめられている。昨夜からわずかに変化しているはずだと思った。もっとも、それは自分が経験したささやかなドラマのせいではない。それとこれとはまったくちがう話だ。

マッケンジーが出てきて、ベンチに腰掛けた。

リーチャーはその隣にすわった。

マッケンジーは言った。「ローズはまだ依存症になりかけです」

リーチャーは言った。「わたしには兄がいた。双子ではなかったが、子供のころは仲がよかった。いまわたしはこう自問している。もし兄の身に同じことが起こったら、自分はまわりの人たちに何を求めるだろうかと。丁重な態度だろうか、冷徹な態度だろうか。何か意見があるわけではない。ほんとうにわからないんだ。いっしょに考えてくれないか」

「わたしは真実が知りたい」マッケンジーは言った。

「わたしには、ローズは依存症になりかけどころではないように見えたが」

「ローズには理由があると言いたかったのです。ローズは痛みに苦しめられている。だからある程度は必要なのです。快感だけのために使っているのではありません」

「あのアルミ箔は？」

「感染症のためです。掻き集めた抗生物質を砕き、救急用品のコーナーで売っている消毒用軟膏と混ぜて、アルミ箔にバターのように塗っています。オキシコドンの錠剤もあまったら混ぜているそうです」

「夢見ていた人生ではないな」

「あなたは昨夜のうちから知っていたのですね。美人だとどういう気分がするのかと訊いたときに」

「筋が通るのはそれしかなかった」

「ローズはうまくやっているとわたしは思います」

「わたしもだ」

「実を言うと、なかなかいい家だと思いました。意外でした。なんとなく中は暗いと思いこんでいたので」

「わたしもだ」リーチャーは繰り返した。

「これからどうなるのでしょうか」

「わたしだって知りたい」

「真剣に訊いているのです」マッケンジーは言った。「この状況にどう対応するかを考え出さないと」

「ローズがうまくやっているのは、毎日ハイになっているからだ。きみが金を渡せば、これからも十中八九はうまくやれるだろう。スタックリーとかいう新しい男が定期的に現れつづけ、少年探偵が最後の穴をふさいで全員を失業させないかぎりは」

「そういう事態になるかもしれません」

「何事も永遠にはつづかない」リーチャーは言った。「あそこでのローズの状況は本人が思っているほど盤石ではない」

「盤石だったとしても、あそこに置いたままにはできません」

「どうやって連れ出すつもりだ？」

「それを訊いているのです。どんな案でもかまいません」

リーチャーは言った。「ローズはいっさい治療を受けていないのか？」

「はじめは一年も入院させられていたそうです。それでうんざりしてしまった。それからはだれにも診てもらっていません。診てもらおうとしないのです。拒否しています」

「代わりに静かな暮らしと自己治療を選んだわけか。われわれふたりから見てもうまくやっていると思えるほど、ローズはそれを上手にこなしている。その点は考慮すべきだ。あそこから連れ出すには、ほかの場所でもまったく同じものを与えると約束するしかない。あるいはもっとましなものを。望むだけの錠剤やパッチを。きみはしかるべき医師を見つけなければならない。静かに暮らせる場所を見つけなければならない。煩わさないと約束しなければならない。そして本気でそう言わなければならない。少なくとも一年は何も進展しないだろう。それは仕方がない。こういうことはかなりの長丁場になる」

「ローズは人目にさらされるのをきらっています」

「それならイリノイよりここのほうがいい」

「ここにはしかるべき医師がいません」

「きみの家の庭はどれくらい広い？」

「二万五千平方メートルはあると思います」

「小屋を建ててやればいい。高い塀で囲った小屋を。処方薬は投げ渡す。一年はそっとしておく。それで様子を見る」

「つまりローズを助けるには、こちらがもっと便利なドラッグ密売人になるしかないのですね」

「アヘン剤の快感を甘く見てはならないと少年探偵は言っていた。ローズがきみに会えて喜んでいるのはまちがいないが、本人にとってはいま必要なものを手に入れるほうが重要だということを頭に入れておくべきだ」

「それは受け入れるのがむずかしいですね。わたしがどうこうではなく、ローズが遠くへ行ってしまった気がして」

「いまはきみが味方になってやらなければならない。それを証明するのがきみの第一の仕事だ。ローズを非難するな。仕方なくやっていることなのだから。不満があってもこらえて、喉に薬を流しこんでやれ。ローズが根はタフなことを忘れるな。実戦を経験しているのだから。生き方を改めなければだめだといずれは悟って、話をしたがるだろう。特に、自分を正当に扱ってくれたきみと。そうなればきみはローズを助けることができる」

「できるといいのですが」

「そういう本がある。最初の一年は読書に専念してもいい」

「そういう講義を受けたのですか？」

「カリキュラム内ではたいして受けなかった」リーチャーは言った。「憲兵隊のカリキュラムはゴムホースと警棒の使い方ばかりを教わるからな。だが、衛生兵には優秀な人材がいた。軍服を着た精神科医さ。奇妙きわまる組み合わせだったな。みな階級がいくつか上乗せされていた。二、三人と知り合いだったが、あの軍医たちならきみにいろいろと教えてくれるだろうに」

「たとえば？」

「ローズが心の奥底で何に怒っているのかを突き止めろと言うだろうな」

「それはどう考えても明らかです」

「だが軍の精神科医なら、苦しみはひとつとはかぎらないと言うだろう。歩兵部隊の士官がどういうものか知っているとも言うだろう。路肩爆弾の件の詳細を知りたがるはずだ」

「どうして？」

「何より、アメリカ人の死傷者がほかにいなかったかを知りたいからだ。もしいたなら、ローズは打ちのめされている。歩兵部隊の士官だからだ。部下を死なせてしまったからだ。事実がどうだろうと関係ない。ローズはほかの何かが起こるより先に、負傷して意識を失っていたのかもしれない。それでも関係ない。自分の部下なのだから、自分の責任になる。歩兵部隊の士官はそんなふうに考える。ことばにすれば短いが、意味するものは大きい。ウェストポイントの校長は、ローズはすぐれた指揮官だったと言っていた。あの学校でそれはたいへんな栄誉だ。墓石に刻んでもいいくらいの。ローズはすぐれた指揮官だった。歩兵部隊の指揮官にとって、それは最高の賛辞になる。得がたいだけに。部下を死なせないと無言のうちに約束したことになるので、結局はその賛辞どおりになる。そうあらねばならないと脳裏に刻みこまれる」

マッケンジーは言った。「ローズはそんな話はしてくれないでしょう」

リーチャーは言った。「精神科医なら任務の状況も知りたがる。上から命じられたいつもの任務だったのか。それとも、何か自主的な要素があったのか。後者なら、ローズはいっそう打ちのめされているはずだ。兵士たちを文字どおり死地へ連れていってしまったのだから」

「精神科医だからそんなふうに考えるのです。あなた自身もそう言っている。精神科医は深読みしすぎる。ひづめの音が聞こえたら、シマウマではなく馬だと思うのがふつうです。ローズは顔をミキサーに突っこまれて犬の糞《ふん》をなすりつけられたことに心の奥底で怒っているのです」

リーチャーは何も言わなかった。

マッケンジーは言った。「なんです？」

「それが怒りの原因のほとんどを占めているのは確かだ。当然だな」

「でも？」

「わたしは警官のような考え方をしてしまう。つい癖で。ローズの最終階級は少佐だ。最後に派兵されたときは重要な任務をおこなっていたと、ウェストポイントの校長は言っていた。少佐の場合、それはデスクワークやブリーフィングを意味する。外をうろつく機会はかぎられる。なぜ好んで小さな町の外の道端を見にいこうとする？するわけがない。そういう仕事は一度目の派兵で飽きていたはずだ。ローズがそこへ行ったのは、指揮官として現場に立たなければならなかったからだ。なんらかの作戦を実行していたのだろう。ローズの下には大尉がいて、その下には中尉がいて、背中を守り合っている。だからローズには護衛の兵士が山ほどいたと考えてまちがいない。多数が巻きこまれたと考えてまちがいない。負傷者がローズだけだったとは考えにくいが、確実なことはわからない。ファイルはロックされている。ということは、作戦はきっと失敗に終わったはずだ。アメリカ人に多数の死傷者が出た可能性がある。だから顔は怒りの原因のすべてではないかもしれない」

マッケンジーは言った。「あなたが励まそうとしているのか落ちこませようとしているのかわからなくなってきました」

「悪い材料ばかりだ」リーチャーは言った。「どこを見ても。楽観しないほうがいい。だが、ローズには恋人がいた。サイ・ポーターフィールドが。ベッドにはくぼみがふたつあった。このことは、ローズが自分をどう見ているかをある程度は物語っている。かすかな可能性を示している」

「ローズはポーターフィールドの話もしてくれないでしょう。あなたの見つけた櫛《くし》の話をしたら、ローズは自分のものではないとは言わなかった。知らないほうがいいと言っていた。どういう意味かはわかりませんが」

「ローズはわたしのことを、ポーターフィールドについて尋ねにきた捜査官だと思ったのさ」

「熊の話はだれも信じていません」

「それも心の傷になりうる。ローズは恋人の身に何があったかをまったく知らない。熊と熊以外のどちらのほうがひどい話なのかもまったくわかっていない。精神科医なら大喜びするだろうな。いろいろなことが複雑にからみ合っていると言って」

「つまり顔だけよりも状況は悪いかもしれないということですね」

「それは半分空になったグラスをどう解釈するかという問題になる。だが、丁重な態度と冷徹な態度のどちらを求めるかとわたしが訊いたのはそれが理由だ」

「わたしは真実が知りたいと言いました。あなたが言ったのは推測です」

「そのとおりだ」リーチャーは言った。「そしてわたしは、自分の推測が何もかもまちがっていることを心から願っている」

マッケンジーは一瞬黙った。

そして言った。「あなたはやさしい人ね」

「聞き慣れないことばだな」

「ここにいてくれてありがとう」

「礼は要らないさ」それは本心だった。すわっているのは舗装された駐車場のコンクリート製ベンチだが、地面の一メートル上には息を呑《の》む光景が広がっている。星々は見たこともないほど美しい。空気は冷たく穏やかで、静寂に満たされている。ベンチで隣にすわっているのはファッション誌の裏表紙を飾ってもおかしくない女性だ。引き締まったしなやかな体は触れたら冷たそうだが、背中のくぼみは湿っているかもしれないと思った。

マッケンジーは尋ねた。「夫についてわたしが言ったことを覚えています？」

「いい人で、理想の夫だと言っていた」

「とても正確な記憶力を持っているのね」

「まだきのうのことだ」

「夫には愛人がいて、わたしはないがしろにされていると言えばよかった」

リーチャーは微笑した。

そして言った。「おやすみ、ミセス・マッケンジー」

前の晩と同じく、暗闇にひとり残されたリーチャーは、コンクリート製のベンチから星々を眺めた。

そのころ、一キロ半離れた地では、電話を切ったスタックリーが、町の中心から三ブロック行ったところにある廃業した小売店の裏の駐車場に、傷だらけの古びたピックアップトラックを停めていた。もっと若いころは高級理髪店をひいきにしていて、店内で待っているときに、ビジネスの成功はコストを容赦なくコントロールできるかどうかで決まると説く雑誌を読んだことがあった。だからできるかぎり車中泊をしていた。キャンパーシェルを載せているのもそれが理由だ。モーテルに泊まれば錠剤ふたつぶんの稼ぎが消える。なぜ稼ぎを手放さなければならない？

スノーウィー山脈の奥に住んでいる女はフェンタニルのパッチをひと箱買ったが、スタックリーが渡したのはすでに自分が開封した箱だった。一時間前に慎重に封を切って、パッチを一枚くすねておいた。自分のポケットに入れてあとで使うために。女は気づきもしないだろう。気づいたとしても、数も数えられないほどラリってると思いこむ。それが自然な反応だ。依存症の人間は自分を責めるようになる。どこでもそれは変わらない。

グローブボックスから鋏《はさみ》を取り出し、パッチから五ミリほどを切りとって、舌の裏に差しこんだ。舌下と呼ばれるところだ。同じ店で読んだ別の雑誌に、それがいちばん効く方法だと書いてあった。

まったくもってそのとおりだと思った。


そのころ、百キロ離れた地では、町の西の丘陵地帯で、ローズ・サンダーソンが寝る支度をしていた。フードをおろし、銀のトラックスーツの上を脱ぐ。その下のTシャツを脱ぎ、ブラジャーもはずした。顔からアルミ箔を剝がす。歯ブラシの柄を使って、よぶんな軟膏を肌からこすり落とした。それをアルミ箔にまた塗っておく。運がよければ、もう一日使える。

シンクに冷たい水を張った。息を吸い、水に顔をつける。自己最高記録は四分間だ。頭をあげ、首を振った。髪が以前のように伸びている。髪はウェストポイント入学の一週間前に切った。帽子をかぶらなければならなかったからだ。いろいろと規則があった。それから十三年間、短いままにしていた。いまはもとに戻っている。傷んだ白い筋も混じっている。干し草の俵にまぎれこんだ有刺鉄線のように。

取るに足らない問題だが。

戸棚から鋏を取り出し、パッチから五ミリほどを切りとって、下唇の裏に貼りつけた。作用を持続させるために。これでひと晩中眠れる。これで暖かく、穏やかで、くつろぎ、安心し、守られ、幸せでいられる。

そのころ、五百キロ離れたサウスダコタ州ラピッドシティでは、グロリア・ナカムラが車の中からアーサー・スコーピオの店の裏口を監視していた。またしても光に縁どられている。二、三センチほどあけたままだ。今夜も気温は高い。スコーピオはもう二時間以上も中にいる。ナカムラは、換気をしたくなるほど部屋を暖めてしまうものには何があるだろうと考えつづけていた。電子機器かもしれない。知り合いにホームシネマを持っている人物がいる。クローゼットに黒い箱が詰まっていて、火傷しそうなほどの熱を発していた。薄型の機器が猛然と働き、グリスとシリコンのにおいがかすかにした。知り合いはそこに扇風機を設置し、つねにまわしつづけていた。

携帯電話が鳴った。

コンピュータ犯罪班の友人からだった。

友人は言った。「イエスかノーで答えて。新しいビリーについてのテキストメッセージを受けとったのはスコーピオだと考えている?」

ナカムラは言った。「法廷では通用しないわ」

「イエスかノーで答えていないよ」

「イエスよ。スコーピオだと考えている」

「同じ番号が先ほどワイオミングのララミーの基地局からボイスメールを受けとった。送ったのはスタックリーとかいう男だ。スコーピオをミスター・スコーピオと呼んでいる。万事順調だが、男ふたりと女ひとりが嗅ぎまわっているという噂があると報告している。男のひとりは並はずれた大男で、三人は黒のトヨタ車に乗っているそうだ」

リーチャーだ、とナカムラは思った。

友人は言った。「そのあと、スコーピオがかけなおしてボイスメールで返事を残した。ビリーに言ったのと同じ内容をこのスタックリーという男にも言った。スコーピオは大男に消えてもらいたがっている。また殺しの指示を出したよ」

「待って」ナカムラは言った。

裏口のドアがあいた。スコーピオが裏道に出てきて、振り返ってドアを施錠している。それから車へと歩いていく。

「スコーピオを尾行する」ナカムラは言った。

「ガソリンのむだだって」友人は言った。

ナカムラは電話を切り、エンジンをかけた。

スコーピオは家に帰る。

いつも家に帰る。

そのころ、千キロ離れた地では、オクラホマ・パンハンドルのサリヴァンという小さな町で、ビリーが赤信号を無視していた。乗っていたのは六百ドルで買った二十数年落ちのフォード・レンジャーのピックアップトラックで、ふたつ目のビールの六缶パックを買いにいくところだった。ひとつ目の六缶パックで軽く酔っていた。モンタナの友人はモーテルの部屋で待っている。あすの午後、テキサスのアマリロにつてがある男と会う予定だ。雇用情勢はよさそうだった。

無視した信号のそばにパトロールカーが停まっていた。警官は回転灯をつけ、サイレンを一度鳴らした。ビリーは凍りつき、そのまま車を走らせて、まずいと思った。隠すものなど何もないのに。少し酔っているかもしれないが、ここはパンハンドルだ。ビールを二、三本飲まなければハンドルなど握っていられない。だいたい、いまの自分はまともな市民だ。どのみち逃げられそうにない。六百ドルのがらくたでは。

ブレーキを踏み、車を縁石に寄せて停めた。

人間の例に漏れず、その警官も無意識のささやかな感情に左右されやすかった。ビリーがただちに停車しなかったことに少し腹を立てていた。身のほど知らずの舐めた態度だと思った。ふだんなら車を並べて停めて助手席の窓をおろし、ほどほどにするようたしなめて終わりだっただろう。だがいまは苛立ちに襲われ、頭に血がのぼって顔が険しくなっていた。それでもったいぶったやり方をはじめた。

ピックアップトラックの後ろに停車し、回転灯をつけたままにした。帽子をかぶる。二十数えてから車をおりた。ホルスターの留め具をはずし、銃に手を置く。ゆっくりと前へ歩き、古びたフォードの荷台の横で足を止め、大声ではっきりと告げた。

「車からおりなさい」

ドアがあいた。

ビリーが出てくる。

「申しわけない」ビリーは言った。「ぼうっとしてたみたいで。だれもいなくてよかった」

警官は相手から漂ってくる空気にビールのにおいを確かに嗅ぎとった。

そして言った。「免許証を」

ビリーはポケットを探ってそれを渡した。

警官は言った。「ここで待っていなさい」

ことさら時間をかけてパトロールカーに戻り、乗りこんだ。シフトレバーのそばのくぼみに、コンピュータ端末を取り付けた可動性のアームがボルト留めされている。新しい市長がいろいろと予算をつけてくれたおかげだ。

ビリーの情報を打ちこんだ。

連邦捜査機関であるＤＥＡの西部支部のコードが表示される。

ふたたび車から出た。ことさら時間をかけてビリーのもとに戻ると、いきなり後ろを向かせて古びたフォードのルーフにその頭を叩きつけ、後ろ手に手錠をはめた。

35

翌朝の八時に三人はロビーで待ち合わせた。ダイナーに寄ったあと、食料雑貨店へ車で行ってローズのために買い物をした。大半は食料で、健康によさそうなものもそうでないものも買ったが、石鹸、ピンク色の靴下、歯が大きく開いた櫛、ペーパーバックも買った。生活費を切り詰めているときに見送ってしまいそうな品を。

それから全種類の消毒用軟膏をふたつずつ買った。

レジに並んでいるとき、ブラモルの電話が鳴った。私立探偵は画面を見て言った。「DEAのノーブル特別捜査官からです」電話に出て耳を傾け、礼を言いながらも当たり障りのない受け答えをしている。途中で何か言うべきことがあったかのように一瞬だけ間をとったが、結局は言わなかった。言わないことを選んだかのように。連邦捜査官同士がチェスをしている。リーチャーはそういうときの雰囲気を知っていた。

電話を切ったブラモルは言った。「昨夜、オクラホマの小さな町でビリーが逮捕されたそうです。ノーブルが電話で尋問しました。いまのところ、ビリーはすべて否認しています。ローズ・サンダーソンという人物も、その居所も知らないと主張しているようです」

「きのうの記事のようなもので、もう無意味ですね」マッケンジーが言った。「いまとなってはビリーは必要ありませんから」

ローズの家の再訪は、ワイオミングらしい時間が歪《ゆが》む旅になった。頭の中ではたいした距離ではなかった。少し遠出をする程度にすぎない。ミュール・クロッシングは道のすぐ先にあり、ローズはそこの交差点のすぐ西に住んでいる。だが実際には、たどり着くまでに二時間もかかった。二車線道路はあまりにも長く、砂利道は果てしなく広い土地を走っているのに思うような速度が出せず、そのあとはわだちだらけの私道が六キロあった。空は鈍色だった。天気はすぐには崩れそうにないが、気をつけておいたほうがよさそうだった。冬が近づいてきている。

道が森を抜けて最後の空き地へ出るところで、三人のカウボーイが出迎えた。カウボーイたちは何もしていなかった。家の三十メートル手前で雑な列を作り、番をしているだけだ。防衛線のように。〝一種の用心棒になった〟。ブラモルは脅かさないように速度を落とし、きのう停めた場所へゆっくり移動した。リーチャーは食料や雑貨を車からおろしてポーチに積んだ。マッケンジーはそれを家に運びこんで中からドアを閉めた。

空き地は静かになった。

峡谷の縁にいるブラモルにリーチャーは目を留めた。小柄なこざっぱりとした男で、ダークスーツにネクタイというういでたちだ。原野の中では場ちがいに見えてもおかしくない。しかし、場ちがいには見えない。完全になじんで見える。ブラモルはそういう男だ。何かを考えている。顔を見ればわかる。問題や葛藤をかかえている。倫理的ジレンマのようなものに悩まされている。

リーチャーにはその理由に確信があった。

ビリーだ。

きのうの記事どころではない。

あしたの記事だ。

リーチャーはブラモルが立っているところへ行った。

そして言った。「わかるよ」となるべく同情をこめて。

「何がです？」ブラモルは訊き返した。

「ビリーに頼らずにローズを見つけたのに、それを少年探偵に言わなかったから、あんたはやましく感じている」

「あなただったら言いましたか？」

「いや」リーチャーは言った。「情報はこれ以上与えたくない。オクラホマで何があったんだ？」

「ビリーが赤信号を無視したのですよ。データベースで照会したら、顔と名前が登録されていた。それでノーブルが電話をかけ、情報を引き出そうとした。問題は、なぜノーブルがそんなことをしたかです。われわれのために純粋な親切心からやってくれたのかもしれない。ノーブルはミセス・マッケンジーの状況に同情していましたから。ミセス・マッケンジーもビリーを見つけたら知らせるよう頼んでいましたし。ノーブルは形だけ頼みを聞いたのかもしれない。あるいはちがうのかもしれない。本気でやっているのかもしれない。どうせビリーの身柄は渡されるから、遺漏のない報告書を書きあげたほうがいいと思ったのかもしれない。そうすればすっきりしますからな。ノーブルは見えないネットワークがあることを望んでいません。ということは、もしローズの居所を知ったら、証人として尋問したり違法な麻薬の購入で逮捕したりするのが理にかなった最初の一手になるはずです。現状ではそういう結果を招く危険は冒すべきではありません。いまのところは。理由はたくさんあります。そのひとつは、依頼人が姉を拘束させたくないとはっきり告げていることです。だからわたしもノーブルに言いませんでした。そしておっしゃるとおり、それで少しやましく感じています。ノーブルのような人物に隠し事はしたくないので」

「あんたの契約は延長されたのか？」

「現在の危機が解決するまでは」

「それはいつになる？」

ブラモルは家を見あげた。

そして言った。「わたしは専門家ではないので」

「ビリーはいつまで持ちこたえられる？」

「ノーブルが本気でやったらですか？」

「本気でやらなくても。ビリーはいつ口を滑らせてもおかしくない。何かうっかりしゃべるだろう。少年探偵は耳をそばだてる。獲物が大きいことを忘れるな。ちがいのわかる連中に言わせると、ここで手にはいる品は本物らしい。アメリカ製で、工場直送だ。正規の箱にはいった荷がまるごと届く。少年探偵はそんなことはありえないと思っている。だから自分に対する侮辱だと思うだろう。どこまでも追い、最後の穴をふさぐだろう。現状では離脱症状を招く危険も冒すべきではない。あんたの依頼人は姉を鍵のかかった病室で拘束させたくないともはっきり告げているはずだ」

ブラモルはふたたび家を見あげた。

そして言った。「ああした決断は早急にはできないでしょう」

「ふつうならできないだろうな」リーチャーは言った。「だが今回は延ばし延ばしにもできない」

「時間はどれくらい残されていると？」

「わたしの勘だと、二、三日中にはここを離れるべきだな」

「それまではノーブルに何も言うべきではないですな」

「わたしはそれで問題ない」リーチャーは言った。「だがあんたはイリノイ州から免許を発行されている」

「まったくです。それでいて、西部支部の管轄であるはずのサウスダコタ州ラピッドシティから、アーサー・スコーピオがＤＥＡの把握していないネットワークを動かしているという信頼に足る証拠を握っている。しかもこのネットワークは少なくともワイオミング州とモンタナ州まで広がっていて、最後に残った抜け穴を供給源として利用している。これほどの黄金郷を暴ければ、大勝利として賞賛されるし、この地域でも指折りのめざましい成功談として歓迎される。わたしはそれを差し出すことができる。というより、そうする職業的義務がある。犯罪がおこなわれているか、おこなわれようとしていると思えるのだから。そのうえ、わたしには明らかな倫理的義務もある。ノーブルに洗いざらい話さなければなりません」

「だが、いまはまだ話せない」リーチャーは言った。

「違法な供給を断つわけにはいかないという理由で。少なくとも、わたしの依頼人がどこか別の場所で半合法の供給元を確保するまでは」

「そう思い詰めるな」リーチャーは言った。「あんたは引退した身だ」

「第二のキャリアを歩んでいるのです」

「第一のキャリアよりルールは少ない」

「それでもあなたよりは多い」

「わたしにだってルールはあるぞ」リーチャーは言った。「たくさんある。そのひとつに、傷痍軍人《しょういぐんじん》には疑わしきは罰せずの原則を適用するべきだというのがある。だが、政府が来る前に立ち去るにかぎるというのもある。だからあんたの考えているとおりだ。われわれは厄介な問題を解決しなければならない」


家は静かなままで、ドアは閉じられたままだった。リーチャーはブラモルから電話を借り、最も電波が届きやすい峡谷の縁へ持っていった。記憶に刻まれている番号を押した。


例の女が出た。

「ウエストポイント」女は言った。「校長室です。ご用件は？」

「リーチャーだ」

「こんにちは、少佐」

「シンプソン将軍と話したい」

「少しお待ちください」

校長が出た。「進展は？」

「サンダーソンを発見しました」リーチャーは言った。

「状況は？」

「いくつか懸念材料があります」リーチャーは言った。「名誉戦傷章は顔面に重傷を負ったからでした。サンダーソンは病院で投与された鎮痛剤のために依存症の問題をかかえています。これといった生計の手段も持っていません」

「何か力になれることはあるか？」

「現時点では情報面だけです。サンダーソンがどの欄にチェックマークを付けたか知る必要があります。自分の精神状態に関して。今後役に立つ可能性があります」

「どんな情報だ」

「負傷の原因は路肩の即席爆発装置です。それについてもっと詳しく知りたいのです。特に、なぜサンダーソンがそこにいたのか、ほかにだれが死傷したのかを」

「やってみよう」

「それから、ポーターフィールドについてももっと詳しく知りたいと考えています。知らないほうがいいとサンダーソンは言っていました。どういう意味なのか判然としません。ポーターフィールドは何者だったのか。わかっているのは、十四年前に新米の少尉だったが早々に脱落したことだけです。十二年後にこれほどの注目を集めたこととそれがどう関係するのか」

「サンダーソンが知っているはずだ」

「無理に答を引き出すことはできません。情緒面で微妙な状況なので」

「指輪は返したのか？」

「預かっておくよう頼まれました。もっと幸せなときが訪れるまで」

「訪れるのか？」

「可能性はあります」リーチャーは言った。「最も困難なのは最初の一歩でしょうから」

ブラモルに電話を返した。そしてふたりとも前日と同じ場所で待った。リーチャーはポーチの踏み段で、ブラモルは峡谷の縁にある岩で。カウボーイたちはだれかがじきに現れるのを予期しているかのように、私道の入口に固まって突っ立っていた。

データや情報はすぐさま仕事に活用すべきだとスタックリーは信じていた。それは現代のビジネス環境では第一の原則だ。いや、コストの容赦ないコントロールがあるから、第二の原則か。雑誌がちがえば書いてあることもちがってくる。それで大事をとって掛け持ちしていた。毎朝起き出す前に、このピックアップトラックの中で、夜のうちに届いたテキストメッセージを読んだりボイスメールを聞いたりしている。だからその日もすぐに、大男に消えてもらわなければならないことを知った。方法を考え出すために、早いうちに何本か電話をかけた。人をうまく使うことが成功した経営者の特徴だと信じていたからだ。それは現代の環境では第一の原則になる。いや、第二か。いや、第三か。順番はともかく、そういう原則があるのはまちがいない。ミュール・クロッシングの交差点を曲がるころには、スタックリーは計画を決めていた。前任者のビリーの家の近くに差しかかったころには、餌を決めていた。ポーターフィールドという男がかつて住んでいた家の近くに差しかかったころには、餌を差し出す具体的な場所を決めていた。

何キロも走りつづけ、右のふたつ目の私道にはいった。きのうの朝に知ったが、この先には根や岩を苦労して乗り越える六キロの道が待っている。自分のピックアップトラックには大仕事だ。だがスタックリーは、生産性はかぎられた資源を最大限に活用するかどうかに左右されると信じていた。それはこの新しい環境では第一の原則になる。

リーチャーは背後の玄関のドアがあく音を聞き、立ちあがった。振り返ると、ちょうどマッケンジーが家から出てきた。後ろの暗がりに、小さいおぼろげな人影が立っている。銀色。マッケンジーは視線をさえぎるようにドアを閉め、小道におりた。まだ私道の入口にいるカウボーイたちを一瞥《いちべつ》し、ブラモルのほうへ向かった。リーチャーもつづいた。マッケンジーは岩をひとつ選んで腰掛けた。リーチャーは二メートル離れた岩を選んだ。ブラモルは前に使った岩をそのまま使っている。岩だらけの岸で三人の漂流者が相談しているように見える。背後の平原は果てが見えず、大海原並みに広い。

マッケンジーは言った。「進展していると思います。予想していたよりもかなり早く。ローズが本心から言っているとしたらの話ですが。拍子抜けするほどあっさりと同意している気もするので。未来の話だからでしょう。きょうは何も変わらない、そんなふうにローズは思っていて、そこまでしか見えていません。でもどんな日も時が経てばきょうになります。ローズはそれを真剣に受け止める必要がある。連れ出さなければならない日が来るのを理解する必要がある」

「それはいつになりそうですか」ブラモルが尋ねた。

「寝泊まりできる新しい場所としかるべき医師が不可欠です。ここで待ちながらでも、すぐに検討をはじめられます。あすからでも。ところで、わたしはここに泊まりこむことにしました。三人ともそうするべきでしょう。空き家がありますし。こことホテルを行ったり来たりするのはばかげています」

ブラモルは言った。「泊まりこむ?」

「そのほうが効率的でしょう？ いつもそばにいれば、いつも世話ができる。結局はそのほうが早く片づくかもしれません」

ブラモルは言った。「ここの所有者がわかりませんが」

「三年も来ていない人です。いまさら来ないでしょう。それに、長くとどまるわけではありませんし」

ブラモルは言った。「いつまでになるとお考えですか」

「寝泊まりできる場所としかるべき医師しだいですね」

「最善の場合で？」

「ひと月なら待てます」マッケンジーは言った。「最悪の場合、ふた月でも」

私道の入口からエンジン音とタイヤのこすれる音が聞こえ、カウボーイたちが後ろにさがった。傷だらけの古びたピックアップトラックが木々のあいだから出てくるのをリーチャーは見てとった。荷台にビニール製のキャンパーシェルを載せている。見たことのある車だ。砂利道で前を走り過ぎていった。ハンドルを握っていたのは三十代後半くらいの男で、脇目も振らずにまっすぐ前を見ていた。

マッケンジーは振り返って車を見た。

「スタックリーですね」と言った。「きょうも来るようローズが頼んだそうです」

36

スタックリーはカウボーイたちが後ろにさがるのを見た。きのう見た顔だった。同じ三人だ。車の進路からどきつつ、歓迎の一団のように列を作っている。あるいは儀《ぎ》仗兵《じょうへい》のように。スタックリーは心のどこかでドラッグの密売を楽しんでいた。客は大いに感謝して喜んでくれる。これまでにやったいくつかの仕事とはちがって。

カウボーイたちの向こうに、埃まみれのトヨタ車があるのに気づいた。すぐそこに停まっている。スコーピオに電話で話したまさにその車だ。前に見たときは警官のように砂利道の路肩に駐車していて、男ふたりと女ひとりが乗りこんでいた。その三人が嗅ぎまわっているという噂があると説明した。男のひとりは大男だとも。

電話でそう伝えると、返事があった。

家に目をやった。静まり返っている。ドアは閉まっている。

右手奥の、森の境界を見た。

何もない。

左手の、峡谷の縁あたりの岩を見た。

三人が腰掛けている。

スーツ姿の老いた男。

美しい女。

そして並はずれた大男。

私道の入口でピックアップトラックを停めた。一拍置いてエンジンを切る。車をおり、待ち焦がれているカウボーイたちをキャンパーシェルのドアへ連れていく。そしてまだ一度もしていなかったことをした。中を見せたのだ。不注意を装って毛布をよけいにどかし、何十とある箱をさらした。ほとんどはシュリンク包装をしたままで、一部は開封してあるが中身はわずかしか減っていない。どの箱も白く清潔で、アメリカの商品名が記されている。背後から欲望のつぶやきが聞こえた。好都合だ。新しい仲間には、こちらが差し出せるものを実感してもらう必要がある。

カウボーイたちを招き寄せ、何をしてもらいたいか、その代わりに何をしてやるか言った。人をうまく使う。現代の環境の、第一の原則。あれほどの大男が相手ならなおさらだ。

リーチャーはカウボーイたちがピックアップトラックの後部に集まるのを見た。中をのぞきこんでいる。商品を確認しているのだろう。質や量に満足した様子だ。大昔にどこかの外国の基地で、魚を行商するトラックが来たときに、ほかの軍人の妻たちと道端に集まっていた母を思い出した。スタックリーがカウボーイたちに近づき、熱のはいったやりとりをはじめた。価格交渉だろう。希望は正反対でも、どちらにとっても重要なことだ。

マッケンジーが言った。「ローズは家から出てきません。友人たちが代わりに買うのでしょう。いつもそうなのかも。つまりビリーはローズに会ったことがない。どのみち頼りにはなりませんでしたね」

リーチャーは言った。「ビリーについて話したい」

「どうして？」

「いまビリーは拘束されている。少年探偵がすでに一度話した」

「すべて否認しているそうですが」

「いつまでも否認できるか？」

「ゴムホースと警棒の話は冗談だと思っていたのに」

「ビリーは取引する。あるいは、うっかり口を滑らせる。パズルのどのピースが欠けているのか、ビリーは知らない。いずれ言ったらまずいことを言ってしまう。秒読みはすでにはじまっていると考えるのが賢明だ。ここを離れるスケジュールを再検討したほうがいい。供給が断たれたらここにとどまってもなんの得もない。連邦捜査官が現れたらなおのことなんの得もない。きみたちのどちらにとってもたやすいことでないのは承知しているが、そんな展開になったら状況はいっそう悪化する」

「ひと月も待っていられないと？」

私道の入口に停めたトラックの後ろで、金が渡されるのをリーチャーは見た。そして言った。「もっと早い時期を目標にするべきだと思う」

引き換えにいくつかの白い箱が渡されるのをリーチャーは見た。

「どれくらい早い時期を？」マッケンジーは尋ねた。

「ミスター・ブラモルには言ったが、わたしの勘だと、二、三日中にはここを離れるべきだ」

「無理です」

「早くていつになる？」

ピックアップトラックがエンジンをかけて転回し、私道を戻っていった。カウボーイたちが白い小箱を家へ運ぶ。半数を玄関前のポーチに積み、残りは自分たちで持って、森の中の蛇行する小道を歩いて視界から消えた。

「しかるべき医師を見つけられるかどうかにかかっています」マッケンジーは言った。「ローズはああいう品がなければ生きていけません」

「きみの家の近所で訊けばいい」

「ふつうはリハビリセンターにかよいます。わたしたちに必要なのは密売人です」

「ここはまるで無防備だ」リーチャーは言った。「いずれ厄介なことになるぞ」

マッケンジーは姉ともう一時間過ごしてから外に出てきて、ホテルをチェックアウトする準備ができたと言った。そして四時間で戻ると約束した。荷物を持って。必要なだけここにとどまれるように。ブラモルは肩をすくめたが、結局はしたがうことに同意した。本人にとっては居心地のいい場所ではないだろうが、これも第二のキャリアだ。リーチャーは自分はすでにチェックアウトしてあると言った。一度にひと晩ぶんしか払わないようにしているからだ。歯ブラシはポケットに入れてある。ほかに荷物はない。静かな場所で過ごすのはきらいではないし、あとで会おうと言った。マッケンジーはいったん中に戻ってリーチャーが残ることを姉に告げると、ブラモルとともに車で去った。

リーチャーはポーチの踏み段に腰をおろした。すでに定位置になっている。前方では峡谷が幅を広げながらなだらかになっている。その先の地平線はくすんだオレンジ色で、霞《かすみ》がかかった青い山脈が後ろに見える。空気は澄んでいて静かだ。上昇気流に乗って飛ぶ猛禽《もうきん》類と、一万五千メートル上空の飛行機雲と、三メートル離れた岩の上にいるシマリスを眺めた。

そのとき、背後で玄関のドアがあいた。

シマリスが逃げ去る。

妹と同じ声が言った。「リーチャー少佐？」

リーチャーは立ちあがって振り返った。銀のトラックスーツの上を着たサンダーソンが戸口に立っていた。フードを顔の前に引きさげ、その奥深くからのぞきこんでいる。陰になった傷跡、アルミ箔。冷静な目。

サンダーソンは言った。「きのうの会話をつづけたくて」

「どのあたりを？」

「あなたは仕事でここに来たのだとわたしが思ったあたりを」

「仕事で来たわけではない」

「それは信じる。あなたの意見が聞きたいだけ。あなたはわたしが知らないことを知っているかもしれない」

「すわったらどうだ」リーチャーは言った。「いい天気だ」

サンダーソンは一瞬ためらったが、外に出てポーチを渡った。しなやかな小柄の体で、運動選手のように動く。実際、そのとおりだ。歩兵は運動する兵科なのだから。一メートルほどあいだを空けて、リーチャーと同じ段に腰をおろした。石鹸のにおいと収斂剤《しゅうれん》のようなにおいがした。顔に塗っている薬だろう、とリーチャーは思った。アルミ箔の下に。横からだと、引きさげられてトンネルのようになったフードしか見えない。

シマリスがまた現れた。

サンダーソンは言った。「わたしの友人の事件はまだ捜査が終わっていないと話した」

「サイ・ポーターフィールドだな」リーチャーは言った。

「やはり仕事でここに来たのね」

「ちがう。だが、途中でいくつかの話を耳にした」

「サイについてどれくらい知っているの？」

「ほとんど知らない」リーチャーは言った。「知っているのは、一時期はきみの友人で、アイヴィーリーグ出身の金持ちで、負傷した海兵隊員で、雨漏りのする屋根を取り替えるくらいならバケツで水滴を受けるほうを選ぶほど統一感にこだわりのある男だったことだけだ」

「うまい要約ね」

「あとは、ペンタゴンにロックされたファイルが三つある」

「それについては話せない」

「だったら、どうやって意見を言えばいい？」

「一般論でいい」サンダーソンは言った。「捜査が急に打ち切られる理由は？」

「いろいろとある。望みどおりの展開でなかった可能性もあれば、行き詰まった可能性もある。はじめから困難を極めていた可能性もある。もっと情報が必要だ」

「教えられない」

「それなら、経験に基づいた推測を言おう。宙ぶらりんになった可能性がある。オリジナルのファイルを持っていたのはペンタゴンらしいな。二年前、ポーターフィールドが何か考えついたとしてみよう。なぜペンタゴンに連絡する？　それは自然な対応ではない。十四年前、ポーターフィールドは海兵隊の実戦部隊の少尉だった。ペンタゴンとかかわりのある生活ではなかった。きっと行ったこともなかっただろう。電話番号も知らなかったはずだ。しかし、どこかでそれを知り、電話を入れた。ということは、ポーターフィールドが考えていたことは軍となんらかの密接な関係があったにちがいない。そしてペンタゴンはコピーをＤＥＡに渡した。ということは、麻薬ともなんらかの密接な関係があったにちがいない。意思疎通が不充分だった可能性がある。ペンタゴンはＤＥＡが扱うと思いこみ、ＤＥＡはペンタゴンが扱うと思いこんだ。それで結局、だれも扱わなかった」

「詳細は話せない」

「ポーターフィールドの死後、家に侵入があったのはわかっている」

「ええ、それはわたしも見てとった。散歩でもしようと、あの家に何度か戻ったことがあるから」

「わたしには、昔ながらの違法な家宅捜索に見えた」

「手際がいいとはわたしも思った」

「だれのしわざか知っているな」

「それについては話せない」

「何が持ち去られたかも知っているな」

「ええ」

「ひとつ答えてくれないか？」

「質問による」

「イエスかノーで答えてくれればいい。それだけでかまわない。詳細も、背景も言わなくていい。言いたいこと以外は言う必要はない」

「約束する？」

「イエスかノーだけでいい。胸につかえていることがある」

「何？」

「きみはポーターフィールドがどのように死んだかを知っているのか？」

「イエス」ローズは言った。「わたしはその場にいた」

カーク・ノーブル特別捜査官の支部はコロラド州デンヴァーを本拠としている。ノーブルのオフィスは柔らかなベージュ色の空間だが、いまはワイオミングのビリーの家から押収済みの靴箱にはいっていた金製品で明るさを増している。中身はすべて机の上に整然と並べられていた。どれも金の装身具だ。チェーンが付いた十字に、イヤリングに、ブレスレットに、チャームに、チョーカーに、ファッションリングに、結婚指輪に、クラスリング。一覧表を作る必要があった。ノーブルは品目と価値を書き連ねた。

いくつかはがらくただった。宝石商なら見向きもしない合金を打ち出しただけの品もある。文字どおり二十セントの値しかつかない品も。いくつかはせいぜい並み。目方からしてこれは七ドル、あれは運がよくても九ドルだろう。いくつかはもっとましだ。たとえば太くて重い十八金の結婚指輪がある。立派な品で、質屋に持っていけばゆうに五十ドルにはなる。同じようなイヤリングもある。十八金で、重い。ふたつそろっている。合わせて六十ドルにはなるかもしれない。

書き終えると、一覧表を眺めた。右側の列を。価値が記されている。意味をなしていない。規則性らしきものが何もない。ゼロに等しい額からそれなりの額まで並んでいる。中間にはこれでもかとばかりにあらゆる額がある。二ドル、三ドル、四ドルとつづいて、六十ドル以上まで。この商売はこんなふうになっていない。これを少しにあれを少しという感じで買う総菜屋とはちがう。茶色い粉が詰まった十ドルの袋ひとつを、十ドルで買う。金が足りなければ買わない。それか、ふたつを二十ドルで買う。それか、三つを三十ドルで。経済学者なら段階的な価格設定と呼ぶものだ。

ところが、ビリーの価格設定は細かすぎる。まるで五ドルの袋も六ドルの袋も十三ドルの袋も十七ドルの袋も九ドルの袋も売っていたかのように。なんとも充実したサービスだ。すべてお客様の望むままに。注文に応じて袋に入れ、重さをはかる。

どう考えてもありそうにない。

それなら、ビリーは粉を詰めた袋を売っていたのではないのかもしれない。ばら荷を仕入れていたのかもしれない。量があっても小分けにできる。金に余裕のない客には、仕方がないから個別に用意してやる。素寒貧の客には、鋏で半分や四分の一に切ってやる。

昔とちょうど同じように。

ありえない。

机の電話を手に取り、留置場にかけた。

こう言った。「オクラホマから移された容疑者がいるはずだ。ビリー何某《なにがし》という名の」

相手は言った。「いま引き渡されたところです」

「すぐに取調室へ連れていけ。おれが尋問すると言え。二時間したら行く。それまでやきもきさせてやれ」


言いたいこと以外は言う必要はないとリーチャーは約束したが、ローズ・サンダーソンに言いたいことはなかった。少なくともポーターフィールドに関しては。この件は片づいたかのように、サンダーソンはフードの内側で黙ってうなずいた。

それから言った。「美人だとどういう気分がするのかと妹に訊いたそうね」

「ああ」リーチャーは言った。

「そのときにはあなたはわたしの状態がわかっていた」

「それだと筋が通った」

「妹は矛盾した答を言ったはず。あの子はいまでも美人だし。美人はそれだけで得をしていると他人からは思われている。そのことは本人も心のどこかでわかっている。だからどうしても謙遜してしまう。浅はかな人間になっている気がすると言ってしまう。でも、断言できる。美人だと自信が持てる。ナイフの喧嘩に銃を持ちこむようなもの。わたしもいちころにしてやったものよ。ひとりずつ、バンバンバンと。それくらいの飛び抜けた力がある。スタートレックのフェイザー銃の出力を麻痺《まひ》から射殺に切り替えるようなもの。それを否定しても仕様がない。美人であることは重要な進化上の利点なのだから。あなたくらい大男であることと同じ」

「きみもわたしも子供を作るべきだったな」リーチャーは言った。

フードの内側でアルミ箔が小さな音を立てた。笑ったのだといいが、と思った。

サンダーソンは言った。「もう手遅れね」

「ポーターフィールドの意見はちがったようだが」

「わたしたちは友達だった。それだけよ」

「ベッドにはくぼみがふたつあった」

「どうして知っているの？」

「屋根を修理した男が友人に教え、その男がその友人に教え、その男がバーでわたしに教えた」

「屋根職人はわたしのベッドを見たの？」

「きみのベッド？　きみもポーターフィールドも意見は同じだったように聞こえるな」

サンダーソンは言った。「サイは特別だった」

リーチャーは言った。「感染症の治療には何が必要になる？」

「抗生物質を長期にわたって点滴で投与する必要がある。よくある治療よ。たいていの傷は感染症になるから。バクテリアは壁を作って自分を守ろうとする。それを一掃するのはむずかしい」

「それなのにきみは病院に行きたがらない」

「病院はきらいだった。恥ずかしかった。わたしはあらゆる兵士にとって最悪の恐怖だった。顔に醜い傷を負って。魔法が働くのは手足だった。科学技術のおかげで。チタンやカーボンファイバーを使って。そういう足は百万ドルもかかる場合もあった。新品の足よりもよさそうに見えた。見せびらかすためにショートパンツを穿《は》く人もいた。わたしはちがった。見せびらかしたら大問題になっていたでしょうね」

「点滴は自宅でもできる」リーチャーは言った。「それなりの医師がいれば。妹さんが見つけてくれるだろう。依存症の問題でも、長い時間をかけて一歩ずつ進めていく方法を支持してくれる医師を。きみが落ち着くまで、少なくともあと一年はいまの習慣をつづけさせてくれる医師を」

「信じられない」

「妹さんがそれを望んでいるとは信じられないのか？」

「妹にそれができるとは信じられない」

「妹さんには金がある。いまわれわれが話しているのは民間の医療システムだ。望みはかなうだろう」

「人にわたしの顔を見られる。住宅地なのだから」

「イリノイ州のレイクフォレストだぞ。頭に袋をかぶっても問題ない。パフォーマンスアートだと思ってもらえる。一年後にはショーだって開ける」

「ここのほうが気に入っている」

「それはスタックリーがああいうものを届けてくれるからだ。その前はビリーが届けてくれたからだ。入手できることが異例中の異例だと思え。この市場は潰された。きみはまさしく最後に残ったルートの末端にいる。いま当局がそれを追っている。ビリーは檻《おり》の中だ。当局はあと二歩でこのルートを遮断できるところまで迫っている。戦術的に考えろ。すみやかに行動しなくてどうする」

サンダーソンは答えなかった。黙って息を少し荒くし、身をこわばらせている。一メートルの距離からリーチャーはそれを感じた。低い振動が木製の踏み段を通して伝わってくる。

サンダーソンは言った。「中に戻る」

リーチャーは言った。「気を悪くしたなら謝る」

「十分後には平静になっているから」

サンダーソンは立ちあがってポーチにのぼったが、そこで振り返って待っている気配がした。リーチャーは見あげた。フードの奥深くからサンダーソンが見返している。映画なら目が赤く光っていることだろう。

サンダーソンは言った。「これが問題なのよ。薬を切らすわけにはいかないことが。あいにく、わたしにはこの品が必要なの。いまの自分にとって、この世でいちばん大事なのは新しいフェンタニルのパッチと言ってもいいくらいに。いまの自分にとって、それは指輪百個や妹十人に匹敵する価値があると言ってもいいくらいに。でも幸い、新しいフェンタニルのパッチは持っている。もうそれを舐めると決めた。もうその選択は済ませたの。こんな話を聞かされてあなたは気を悪くした？」

「ああ」リーチャーは言った。「少しだけだが」

「わたしもよ」ローズは言った。

リーチャーは薬が効いてくるまで十分待ったが、サンダーソンは出てこなかった。それで少し歩くことにして、森の境界に沿って行くうちに、小道をこちらへ向かってくるカウボーイたちが見えた。例の三人で、いつもどおりワニ革のブーツの男が一歩前にいる。三人は挨拶してきたが、リーチャーの姿を見て驚いている様子だった。残ることになったとリーチャーは伝えた。

ワニ革のブーツの男が言った。「ほかのふたりはここにいないのか？」

「二、三時間は戻らない」リーチャーは言った。

「ローズと話し合ってたのか？」

「ああ」リーチャーは言った。「そんなところだ」

「様子は？」

「ポーターフィールドが死んだとき、その場にいたと言っていた」

「それは事実だと思う」

「おまえたちはどこにいた？」

「コロラドにいた。あのあたりでは春が遅い。干し草を運ぶ仕事をしてた」

「戻ったとき、ローズは事件について何か言っていたか？」

「ローズはそういうことはけっして話さない」

リーチャーは何も言わなかった。三人は怪しい案を思いついたかのように、ためらいがちに、そして意味ありげに顔を見交わした。

ワニ革のブーツの男が言った。「なんならポーターフィールドが発見された場所に案内しようか」

「この近くなのか？」リーチャーは言った。

「歩いて一時間ほどだ。のぼり坂ばかりだが」

「興味深いものでもあるのか？」

「道中は興味深いさ。推理をしてれば。どんな人間ならそんなところまで死体を運べるかがわかるはずだ」

「だれでもできると言っていなかったか」

「だれでもそうすると言ったんだ。それとこれとはちがう。できるのはひと握りの人間だけだ」

「わかった」リーチャーは言った。「案内してくれ」

連れ立って家の角の近くにある空き地を横切り、別の木々の切れ目へ向かったが、ワニ革のブーツの男は遠まわりしてクルーキャブへ行き、ライフルを持って戻ってきた。あそこへ行く理由をくれぐれも忘れるなよ、熊の縄張りだからな、と言って。

37

小道はのぼりながら木々のあいだを抜け、傾斜がきつくなるほどに幅が少しずつ狭くなっていた。いくつかの幹にアメリカアカシカが角で傷をつけている。地面にはヘラジカの足跡もある。熊の気配はない。いまのところは。リーチャーはそれを歓迎した。男が持ってきたライフルは年代物のスプリングフィールドM14だった。六十年前にアメリカ軍の主力小銃だった武器だ。古めかしいが、優秀な武器ではある。ただし、使用するのはNATO弾だ。熊を相手にするには心許《こころもと》ない。男はそれしか持っていないのかもしれない。ほかは急に値段が跳ねあがった品を買うために手放したのかもしれない。

何もないよりはましだ、とリーチャーは思った。

一行は歩きつづけた。空気が薄い。リーチャーは息が荒くなっているのを感じた。三人のカウボーイはそうでもない。ふだんどおりに見える。慣れているからだ。海抜ゼロの地点だと逆に酸素が多すぎて目眩《めまい》に襲われることだろう。パッチを舐めるよりは健康的かもしれない。歩き自体はたいしたことはなかった。車で通った道と同じく、根と岩と石だらけだが、幅はもっと狭い。勾配はほどほどだ。ときおり大きな段差がある。重いものを運ぶのは時間と手間がかかるだろうが、不可能ではない。ひと握りの人間なら。あの男が言ったように。

五分後、若木がへラジカに倒されて開けている空間に出た。出入りする獣道があり、そのいくつかは広い。

ライフルを持った男が言った。「こんな場所だった」

「こんな場所？」リーチャーは言った。「この場所ではなく？」

「もっと先だ。だが、状況はつかめただろう。戻りたくなったかもしれないと思って」

リーチャーは左右と前の森の中を見た。様子を把握できた自信はなかった。熊はいそうにない。いる可能性はどれくらいだろうか。

「わたしなら平気だ」リーチャーは言った。「先へ進もう」

一行は先へ進んだ。歩くにしたがい、森の様子が変わってくる。空き地には出くわさなくなった。木々そのものが少なくなり、どこを見てもまばらに生えた木々と空き地が交ざった景色になっていたからだ。地面の近くには低木が生えている。そのあいだを抜ける小道はさえぎられずにまっすぐに延びている。見通しが利く。捕食動物には恰好《かっこう》の縄張りだ。

ライフルを持った男が言った。「まだ平気か？」

リーチャーは四方を見まわした。脳の後ろの部分がざわついている。こんな地形はさっさと離れるにかぎる、と告げている。原初の本能のようなものだ。脳の前の部分は熊について考えている。いそうにない、と告げている。しかし、可能性は低いが実在する。要素として存在する。考慮に入れておく意味はある。備えておく意味はある。

頭の中に、ウェストポイントに電話した際のシンプソン将軍の声が響いた。〝基地の外ではつねに武装していただろう〟。

もう一度、四方を見まわした。

熊はいない。

ここにはいない。

リーチャーは言った。「戻ろう」

男は言った。「どうした？」

森の中に戻りたいからだ、とリーチャーは思った。

口に出してはこう言った。「状況はつかめた」

そう直観した。スタックリーは新しいビリーだ。ここの帝国を引き継いだ。それならボイスメールで定期的に指示を受けることも引き継いでいる。スタックリーは改めて指示を受けたにちがいない。木に隠れて超人ハルクを撃ち殺せ、と。今度こそ。ほかのアニメのキャラクターで呼ばれたかもしれないが。スタックリーはメッセージを受信し、了解した。ただし、自分で任務を実行しようとはしなかった。外部の傭兵《ようへい》を利用した。キャンパーシェルの後ろで熱のはいったやりとりをしたときだ。口説き、誘い、釣り、承諾させた。握手も交わしたかもしれない。

武器でそう悟った。それと、文化と、習慣と、単純な常識で。熊を射殺できるライフルを持たずに、まぎれもない熊の縄張りに踏みこむワイオミングのカウボーイがいるだろうか。朝になったら着替えるという程度の常識でわかる。そこから論理的に推測できる。まちがった銃は熊がいないことを意味し、それは熊がいた可能性のあるポーターフィールドの発見場所がこの付近ではないことを意味し、それは三人の男がまったくちがう目的でリーチャーをこのまちがった場所に連れてきたことを意味する。人間なら確実に射殺できるM14を持って。腹を撃ってもいい。そのあとは熊がいなくてもかまわない。バーにいたロングネックの瓶の男はなんと言っていた？　〝舌舐めずりをしながら順番待ちをしてるほかの生き物が何百もいる〟。

リーチャーは四方を見まわした。思わしくない。木々の間隔が広く、幹も細い。原野のただなか。

目撃者はいない。

〝証拠はなかったからな。それが最大の利点さ〟。

一瞬、報酬はいくらなのだろうと思ったが、頭からその疑問を追い出した。無意味な問いにほかならないからであり、答は明らかだからでもあった。〝おれの知るかぎり、とにかくすごいらしい。使用者に言わせるなら、これ以上のものはないそうだ〟。オキシコドンとフェンタニルのパッチの箱をいくつかもらうのだろう。煙草《タバコ》のカートンひとつで人が殺される刑務所のように。命は安い。つぎの一瞬、裏切られたと感じた。これまでうまくやれていると思っていた。そう努めた。愛想よく接した。だがすぐに、現実に目を向けた。三人の視点から考えた。人には優先するものがある。家族や友人や地に足の着いた生活よりも優先するものが。

〝アヘン剤の快感を甘く見てはならない〟。

ひとりが何箱かずつもらえるといいが、と思った。

それくらいの働きをしなければならないのだから。

ライフルを持った男を視界の隅にとらえたまま、向きを変えて来た道を戻りはじめた。一発目はあまり心配していなかった。どうせはずれる。ろくに狙いも定めずに慌てて撃つだろうから。二発目はもっと厄介になる。三発目はさらにもっと。そのあとも。M14の弾倉には二十発装塡できる。歩みをゆるめ、男が前を歩くようにした。ずっとその位置関係を保つつもりだった。後ろから腰のあたりを撃たれたらひとたまりもない。弾はやすやすと体を突き抜け、血まみれになって三メートル先の地面に深くめりこむだろう。弾は発見されない。発見されるわけがない。リーチャーの命を奪っても、どこかの外国よりも広い過疎の州に、五ミリほどの特異点を作り出すだけだからだ。

〝証拠はなかったからな。それが最大の利点さ〟。

ふたたび歩みをゆるめ、無言で礼儀正しく〝お先にどうぞ〟とうながした。ライフルを持った男は先を歩きつづけた。それだけの余裕があった。一行は最初の空き地へ向かっている。若木がヘラジカに倒されていた場所へ。〝こんな場所だった〟。おそらくそこが候補地だったのだろう。ほかの理由で足を止めたはずがない。

一分ほどくだりつづけ、木々がふたたび増えてくると、ときどき一列になって進んだ。リーチャーは最後尾を維持した。望みの位置を。

前方に目を走らせ、場所を選んだ。

万一に備えて。

そして言った。「ちがう道から戻ろう。このあたりの様子はもう見た」

戦術的な賭けだ。カウボーイたちはこちらが勘づいていることに勘づいていない。いまはまだ。荒仕事をするのはすぐではなくあとだ。しかし、カウボーイたちの望むとおりの場所へ行くよりは、ずっと危険が小さい賭けになる。それはまちがいない。開けた場所で、カウボーイたちは土地鑑があるが、自分はない。

ライフルを持った男が立ち止まって振り返った。

そして言った。「ほかに道はないと思う」

「あるはずだ」リーチャーは言った。

「こんなところで迷子になりたくないだろうに」

「わたしは方向感覚がかなりいい。どちらが北かはまずわかる」

男は一歩近づいた。小道が狭くなったところで、リーチャーから三メートルほど離れて向かい合い、ライフルを脇に垂らしている。ほかのふたりはもっと近く、一メートル半ほど先で分かれて立っているので、ライフルを持った男はそのあいだを見通せる。足もとは根や岩や石だらけだ。左右には木々が並んでいる。

絶好の場所だ。

リーチャーは一歩近づいた。

そして言った。「ここはポーターフィールドが発見された場所ではないな」

「専門家気どりか？」ライフルを持った男は言った。

「コネリー保安官は徹底した捜査をおこなった。少なくとも、死体が発見された土地の建物はすべて捜索したはずだ。だが実際には、捜索したのはポーターフィールドの家だけだった。つまりポーターフィールドは自分の土地で発見されたことになる。それはここから六十キロも離れている。生態系も少しちがう。向こうには熊がいる」

M14の安全装置は小さな手動の金具で、用心金の前にある。後ろに倒してあれば安全で、前に倒してあれば発射だ。

リーチャーはそれを注意深く見つめた。

いまのところ、安全になっている。

しかし、男の四本の指すべてがその近くにある。

リーチャーは言った。「武器をおろして話し合おう。こんなことをする必要はない。全員にとっての解決法を見つけられるかもしれない」

男は言った。「どうやって？」

「武器をおろして話し合おう」

男はしたがわなかった。

リーチャーは言った。「今後のことを考えたほうがいい。スタックリーはきょうは親友でも、あしたは失業しているかもしれない。ローズの妹は姉をシカゴへ連れていくつもりだ。街そのものではなく郊外へ。いいところだ。ローズの妹は治療をおこなう慈善事業をはじめることもできる。おまえたちも連れていってもらえる」

「おれたちはここでいい」

「ビリーは檻の中だ」リーチャーは言った。「当局はあと二歩でこのルートを遮断できるところまで迫っている」

そう口に出したとたん、失言だったと気づいた。カウボーイたちは先刻のローズ・サンダーソンと同じような反応を見せた。息を荒くし、身をこわばらせている。とっさに生じたパニックが低い振動となって伝わってくる。加えてカウボーイたちの場合は、これからどうすればいいのかという焦りもとっさに生じていた。まるで約束された輝かしい報酬が奪い去られたかのように。リーチャーがカウボーイたちの顔に見てとったのは、〝このルートを遮断できる〟という自分のことばが、三人の頭の中で〝もっと手に入れるにはいましかない〟とわめく声に翻訳されたことだった。

男は銃を掲げ、重さ五キロ弱で長さ一・二メートル弱のその古めかしい武器を、右手から左手へ、また右手へと移した。

人差し指が用心金の前へ動く。

安全装置を前に倒す。

リーチャーはいちばん近くにいた男に体当たりし、その反動を利用して一本の木に飛びついた。銃弾をかわしたわけではない。そんなことはまちがいなく不可能だ。しかし、未来の弾道をかなり早く推測して銃弾を避けることは充分に可能だ。そしてもちろん、ニュートンの運動法則によれば、リーチャーと体当たりされた男には大きさが等しく向きが反対の力が働く。この作用反作用の法則により、男は銃のほうへはじき飛ばされ、結果として命を落とした。ライフルが発射され、弾を食らった男は物干しロープに突っこんだかのように倒れた。銃声に重なるようにしてその鋭いこだまが轟《とどろ》き、やがて小さくなって消えた。ライフルを持った男は茫然《ぼうぜん》としていた。リーチャーは木から離れ、男の頭を殴りつけてライフルを奪った。

男がよろめいて地面に膝を突く。

三人目の男はその場で凍りついている。

リーチャーは言った。「友達の状態を見てやれ」

しかし、望みがないのはそこからでも見てとれた。上に向けて発射されたために、弾は男の喉を貫いていた。定説に照らせば、腹を撃つのと同じくらい効果的だ。もっと効果的かもしれない。弾は百メートル先の地面に落ちているだろう。首の軟組織はすみやかに食い尽くされる。損傷した椎骨は中の脊髄ほしさに引きずり出されて砕かれるだろう。証拠は何ひとつなくなる。

三人目の男が視線をあげ、首を横に振った。リーチャーはライフルを向け、移動するよううながした。地面に手を突いて体を支え、どうにか立ちあがったワニ革のブーツの男の近くへと。

「先に行け」リーチャーは言った。「こうなったらこの道でいい」

ふたりはおぼつかない足どりで先を歩き、リーチャーはライフルを片手で持って後ろを歩いた。カウボーイたちは抵抗しようとしなかった。運命を受け入れたかのように、従順そのものだった。ショックのせいかもしれない。依存症らしい態度なのかもしれない。カウボーイらしい態度なのかもしれなかった。

ホテルをチェックアウトしたブラモルとマッケンジーが戻ってから二分後に、リーチャーたちも戻った。ローズ・サンダーソンがポーチで妹を出迎えている。ブラモルは車の近くにとどまり、姉妹をふたりだけにしている。カウボーイふたりとリーチャーは森からちょうどその真ん中に出てきた。そして足を止めた。舞台の中央で。いきさつを話す必要はなかった。見ればわかった。三人いたカウボーイがふたりになり、打ちひしがれてびくつきながら、ライフルを持ったリーチャーに追い立てられている。

ローズ・サンダーソンはそのライフルに見覚えがある様子だった。首をめぐらすのに合わせて、フードの縁が潜望鏡のように旋回する。サンダーソンはその光景を見つめた。ふたりの男を。ライフルを。リーチャーを。考えている。歩兵部隊の士官のように。チェスのコンピュータのように、頭の中で兵棋演習をしている。ウェストポイントの卒業生のように。

そして筋の通る結論に至った。「スタックリーにただで薬をやると釣られたのね？」

サンダーソンは言った。「そうだ」

リーチャーは言った。

「ひどい話」

「わたしも残念に思っている」

「スタックリーはあなたになんの恨みが？」

「スタックリーのボスがわたしをきらっている」

「あなたはここに仕事で来たわけではないのに」

「途中でいくつかの話を耳にした」

「上で何があったの？」

「ひとり死んだ」リーチャーは言った。「同士討ちだ。慌てて狙ったうえに、標的は動いていて、前方は混乱状態にあった」

「解放してやって」サンダーソンは言った。「ライフルはあなたが持っていて。ほかに武器は残っていないはず」

ふたりのカウボーイは足を引きずりながら小道の先へ立ち去り、姉妹とリーチャーとブラモルはポーチの踏み段に集まり、腰をおろして話した。サンダーソンはふたたびフードを前におろしていた。カメラの絞りのようになっているそれがリーチャーの顔のほうへ向いて言った。「あの三人の代わりに謝らせて」

「謝るまでもない」リーチャーは言った。「実害はなかったのだから。戦術的知識とすぐれた技能に基づく作戦行動が当初の物資面での弱点を補ったというあたりかな」

「いつ気づいたの？」

「最初の兆候は、空き地で立ち止まったこと、そのときの三人の様子が少し変だったことだ。だがあの男は、引き金を引けなかったと思う。人を撃ったことが一度もなかったと思う」

「代わりに謝らせて」サンダーソンは繰り返した。「わたしの友達だったのだから」

「謝るまでもない」リーチャーも繰り返した。

「でも三人を責める気にはなれない。報酬の大きさがあなたには理解できないでしょうね」

「わたしも理解しつつある。原因と結果だけを見ても理解できる。だから真剣に受け止めている。批判するつもりもない。それはそれだ。しなければならないことをしなければならない。そうだろう？」

「ええ」

「いまきみがしなければならないのは、中へ行って新品のパッチを取ってくることだ。なぜなら、そのあとでつぎにきみがしなければならないのは、どちらかを選ぶことだからだ」

「どちらかとは？」

「今後について賢明な話し合いをするのがひとつ」

「それか？」

「きみを置き去りにするのがもうひとつだ」

38

新品のパッチを取ってくるためにローズ・サンダーソンが中へ行ってドアを閉めたとき、ブラモルの携帯電話が鳴った。私立探偵は画面を見てから言った。「ノーブル特別捜査官です。デンヴァーのオフィスからですね」

「出るな」リーチャーは言った。「ローズを見つけたかと訊いてくるはずだ。社交辞令としてついでに訊いてくるだけかもしれないが、ローズを証人にしたいのかもしれない。居場所を言ったらだめだ。いまは。隠し事をするのはやましく感じるだろうが」

「何か情報を持っているかもしれません」

「ノーブルはまだ引退していない。もらうばかりで与えない。出るな」

ブラモルは出なかった。着信音が鳴りやみ、ボイスメールに切り替わる。ブラモルはすぐさま確認した。耳を傾けてから言う。「われわれがローズを見つけたか、知りたがっています」

背後でドアがあき、ローズが出てきた。小柄で、しなやかで、優美だ。フードの縁が先導役になっている。ローズは踏み段に腰をおろした。

そしてフードをリーチャーのほうへ向けた。

口を開く。「いつここを離れるか、決めたのはあなたのようね」

リーチャーは言った。「わたしは世界を救うつもりはない。物語を知りたかっただけだ。それはもう知った。ハッピーエンドではなかったがな。事態は悪化するばかりなのに、ここにとどまりたくない。きみが連邦政府の拘置所で離脱症状に苦しむことになるのに、ここにとどまりたくない。きみは医師の診察も受けられない。消毒用の軟膏さえもらえない。テレビのニュースで金持ちの白人女性が映れば失態をごまかせるという理由だけで、少年探偵は妹さんも何かの共犯で逮捕する。妹さんは濡《ぬ》れ衣《ぎぬ》を晴らそうとして破産する。ミスター・ブラモルは免許を剝奪されて第三のキャリアを探さなければならなくなる。そんなことになる前に立ち去りたい」

サンダーソンは言った。「確実にそうなるとでも言いたげね」

「ビリーは檻の中だ。そしてきみの家の近くにはカウボーイの死体がある。ポーターフィールドがだれかに発見されたように、あの死体もだれかに発見されるだろう。コネリー保安官はきみの家を捜索する。あるいは、少年探偵がビリーに手書きの地図を描かせ、先にここまでたどり着く。あるいは、ふたりが現れる前に供給が断たれ、きみは歯が痛いと言って救急救命室へ一日に五度も行く羽目になる。確実にこのどれかになる」

「供給が断たれるまで、どれくらいかかると思っているの？」

最も重要な問題だ。

「それは循環論法になる」リーチャーは言った。「もしきみを置き去りにしたら、わたしが最初に立ち寄るのはサウスダコタのラピッドシティだ。アーサー・スコーピオに会いにいかなければならない。あの男はポーターフィールドの件で嘘をつき、木に隠れてわたしを撃ち殺せとふたりの人間に命じた。一線を越えたということだ。スコーピオはろくな結末を迎えられない。回転式乾燥機にほうりこまれるだろう。着くのに二日、やるのに一日かかる。供給はおよそ三日後には断たれるだろうな」

「わたしを追いこんでいるわけね。いまここを離れることに同意しなくても、どうせわたしはあなたのせいでここを離れなければならなくなる。あなたは三日間の期限を一方的に押しつけている」

「それは意図せざる結果だ。わたしの立場から考えてみろ。事態がさらに悪化するのに、ここにとどまりたくないのは当たり前だ。そしてここを離れるのなら、ラピッドシティに直行するしかないのも当たり前だ。ほかに選択肢があるか？　あの男はわたしに喧嘩を売っている。遠くの建物から狙撃されたらきみはどうする？」

「空爆を要請する」

「これがわたしなりの空爆だ」

「つまりわたしはあと三日しかここにいられない」

「だが、それはあくまでも意図せざる結果だ。わたしは世界を救うつもりはない」

サンダーソンは答えなかった。

ジェーン・マッケンジーが言った。「リーチャー、三日では不可能です」

「その思いこみを捨てよう」リーチャーは言った。「不可能を可能にするぞ」


四人は中にはいった。ブラモルが片方の椅子に、マッケンジーがもう片方の椅子にすわった。サンダーソンは床にあぐらをかくので平気だと言った。リーチャーは片手を頭の後ろにまわして仰向けに寝そべり、天井を眺めながら耳を傾けた。まずローズに必要なものを一覧にしてみたが、すでにあるものを一覧にするだけでいいので簡単だった。静かで隔離された寝泊まりできる場所と、医薬品グレードのアヘン剤の入手方法だ。その一日の使用量は、責任ある医師なら検討すらしない量をはるかに超えている。

寝泊まりできる場所は時間をかければ問題なく用意できるとマッケンジーは言った。しかし、いますぐには心当たりがない。マッケンジー夫妻はビーチハウスも狩猟小屋も持っていない。厩舎《きゅうしゃ》の先にもともとは使用人の宿舎だった建物があるが、暖房器具とバスルームを新調する必要がある。

リーチャーは言った。「ゲストスイートはあるか？」

「ふたつありますが、家の中です」

「いい人で理想の夫のミスター・マッケンジーときみも同じ屋根の下で暮らすというわけか。ご主人はこの件で反対にまわりそうか？」

「いいえ、完全な味方になってくれるはずです」

「確かか？」

「まちがいありません」

「わかった」リーチャーは言った。「当分のあいだ、ローズにはゲストスイートで暮らしてもらうのはどうだろうか。湖に面した東の翼棟でも使ってもらう。庭が二万五千平方メートルもあるのなら、緑に覆われた静かな一角のはずだ。タイムズスクエアのど真ん中で暮らすのとはちがう。いまは迅速に決断する必要がある。完璧を求めすぎるのは本末転倒だ」

マッケンジーが目をやると、ローズはうなずいた。同意している。同意するくらいならできる。未来の話だから。しかし、その未来は来ない。一覧のふたつ目は、けっしてそこにはたどり着けないことを意味している。

マッケンジーは言った。「医師に関しては現実に目を向けなければなりません。まだ捜しはじめてもいませんが、候補はわずかでしょう。インターネットが役に立ちそうですが、すぐに面会できるとはかぎりません。それに、向こうは形だけでも整えたがるはずです。最初の診察はしたがるでしょう。でなければ、いまごろ高級リゾート地でゴルフでもしています。この手のことがいかに面倒かは、みなさんもご存じだと思いますが」

「わたしは知らないな」リーチャーは言った。

「二週間です」マッケンジーは言った。「わたしはそういう世界に生きています。だから断言できます。どんなに急いでも二週間はかかる」

だれも答えなかった。

フードの奥深くからローズが言った。「あなたたちはとても礼儀正しいから、わたしが代わりに言うわね。それだと、わたしが大きな足かせになる。どうやってそのあいだをやりくりするの？　二週間も毎日、どうやって薬を用意するの？　いくつかは道中で買うことになる。毎晩、別の町で。そんなことは無理よ」

やはりだれも答えなかった。問いが宙を漂う。〝どうやってそのあいだをやりくりするの？　どうやって薬を用意するの？〟。どんな計画を立ててもそれが障害になる。手すりの棘《とげ》のようなものだ。それ以外はたやすい。リーチャーははっきりと思い描くことができた。それ以外は。何せ量が途方もなく多い。片手間でどうにかできるものではない。

沈黙を破ろうと、マッケンジーはイリノイ州レイクフォレストについてしばらく話した。とてもよさそうなところに聞こえた。夫妻の家は年代物の煉瓦《れんが》と鉛枠の窓を使ったチューダー様式の古い豪邸で、芝に覆われた長い斜面と、石造りの桟橋と、小さな船もあり、その先には大海原のように広い湖がきらめいているらしい。話を聞くうちにリーチャーは、マッケンジーは沈黙を破りたかっただけではないと気づいた。家屋敷《やしき》の自慢をしているわけでもない。大昔に双子が分かち合っていた幻想のようなものを語っている。どんな人生を送るのか、そこで何を経験するのかといった理想の夢のようなものを。内陸のワイオミングで育った娘が、岸辺に憧れるのは不思議ではない。それが実現したのだとマッケンジーは言っている。手を伸ばせば届くところにあると言っている。これからずっと、夢に描いた生活をしようと言っている。湿った芝生と苔《こけ》むした煉瓦のあるところで。心をそそられる見事な誘惑だ。計り知れないほど親密な双子の一方からもう一方へと告げられたときにそれがどれほど力を増すかは、ただ想像するしかない。魅惑される。あらがいようもなく。犠牲を払う価値があると思わされる。巧妙な心理作戦だ。ただし、問題がふたつ残されている。

どうやってそのあいだをやりくりするのか。どうやって薬を用意するのか。

デンヴァーでカーク・ノーブルはほかの仕事にかかりきりで、さらにまったく関係のない会議にも引きずりこまれたので、二時間よりもかなり長くビリーをやきもきさせることになった。もう四時間近く経っている。足を止めてマジックミラーをのぞきこんだ。充分に注意して。人物像を読みとる力には自信があった。すぐさま見てとったのは、ビリーが働き詰めの田舎者で、歳《とし》は四十がらみ、痩せていて、態度に小ずるいところがあることだった。まるでキツネとリスのあいだに生まれた子が、人生の半分は日に焼かれ、もう半分は棒で殴られていたかに見える。汗は掻いていないし、震えてもいない。貧乏揺すりもしていないし、釘《くぎ》を抜こうともしていない。依存症ではない。喫煙者ですらない。

こういう男は何もしゃべろうとしない。ただし、口を滑らせてしまうことはある。キツネとリスは数々の長所を持っているが、大学の学位は持っていない。搦《から》め手《て》から攻めればいい。引き金を見つければいい。それは賞賛かもしれない。ビリーはまずまちがいなく、賞賛された経験が乏しい。うまくおだてれば、これまでの商売について、得意げに語りだすかもしれない。細かい価格設定の装身具を実物として見せながら。入手先をひとつひとつ思い出すかもしれない。ああ、金のない娘っ子がいてな、代わりにこいつをもらったんだよ、などと言うかもしれない。

せた。

何と交換したんだ、ビリー？

ノーブルは使い走りを頼み、自分のオフィスへ装身具がはいった靴箱を取りにいかせた。


緊急会議は散会になり、リーチャーは外のポーチに出た。つづいてブラモルも出てくる。肘掛け椅子には代わりにサンダーソンがすわっていることだろう。そして姉妹で話し合っている。長くならないといいが、とリーチャーは思った。

ブラモルが言った。「どうにもなりませんな」

「何か手はあるはずだ」リーチャーは言った。

「思いついたらぜひ教えていただきたい」

「ほんとうに教えていいのか？　あんたはわたしよりもルールが多いだろうに」

「依頼人の代わりにプランBを用意しておかないのは怠慢だというルールもあるのですよ。せめて心積もりはしておかなければ。この場合、まずはローズの入院を特別に認めてもらうのが最優先です。連邦政府の拘置所ではなく、自分で選んだ民間施設にはいる。費用は出せと言われたら出す。打診すべき相手はどう考えてもデンヴァーのノーブルです。ノーブルなら決定権を持っています。われわれともすでに面識がある。関係を保つべきです。あの電話には出たほうがよかった。つぎは出ないわけにはいきません。今後、ノーブルが必要になってくるかもしれない」

「まだプランBは必要ない」

「下準備はしておいたほうがいいでしょう」

「いまノーブルからの電話に出たら、ローズの居場所を教えなければならなくなる。そうなったらプランCにまっしぐらで、何もかもご破算になる。それか、嘘をつかなければならなくなるが、これは厳密には重罪だ」

ブラモルは答えなかった。

リーチャーは言った。「頼みを聞いてくれないか」

「内容によります」

「ミセス・マッケンジーに訊いてくれ。スタックリーがあしたも来るかどうか、お姉さんが何か言っていなかったかと」

「なぜ？」

「知りたいからだ」

ブラモルは中へ戻ったが、一分後に出てきたのはローズ・サンダーソン本人だった。前と同じように、フードをかぶったまま、一メートルほどあいだを空けて、踏み段に腰をおろす。

そして言った。「妹から金をもらったの。スタックリーには、金がなくなるまで毎日来るよう言ってある。それか、商品がなくなるまで」

リーチャーは言った。「商品がなくなったら、スタックリーたちはどうしている？」

「来ない日がときどきあるのよ。どこかへ出向いて商品を追加しているのだと思う。また来てくれたときはわたしたちは大喜びしている」

「目に浮かぶようだ」

「迷惑をかけたわね」

「気にしなくていい。きみもわたしも同じ歴史の授業を受けている」

サンダーソンはフードの内側でうなずいた。

そして言った。「モルヒネが開発されたのは一八〇五年。皮下注射針が開発されたのは一八五一年。またとない組み合わせで、南北戦争にちょうど間に合い、何十万もの人々が依存症になった。そして第一次世界大戦が起こり、同じ結果をもたらした。一九二〇年代には、文字どおり数百万人が依存症になっていた」

「軍は伝統を好むからな」

「第一次世界大戦は、多数の人々が顔面を負傷したはじめての戦争にもなった。終戦時にはそういう人々が数百万もいた。フランス人は〝ミュティレ〟と呼んだ。損傷を負った者と。うまく言い表しているわね。そんなふうに感じるし、〝変異した《ミューテイテッド》〟に音が似ていて、そんなふうにも感じるから。自分が別人になったように感じてしまうのよ。当時も初期の形成外科手術はあったけれど、ほとんどの人はマスクをつけた。肌の色に合ったマスクを作ってくれる職人もいた。でも、結局はむだだった。街の公園には青く塗られたベンチがあって、そこは見ないのがマナーとされた。顔面を負傷した人の席だから。でも、そういう人のほとんどはけっして外出しなかった。ほとんどは二度と日の光を見なかった。ほとんどは感染症で死ぬか、みずから命を絶った」

「わたしを納得させる必要はない」リーチャーは言った。「きみが何を噛《か》もうが、興味はない」

「だとしても、わたしの薬を手に入れるのは無理よ。十四日間も毎日手に入れられるわけがない」

「手に入れられるとしてみよう。いつまでもずっと、きみは薬をもらえるとしてみよう。どうする？」

「真剣に訊いているの？」

「正直な分析を聞かせてくれ。きみは真実が好きなはずだ」

サンダーソンは間をとった。

「わたしならまずはパーティーをする」サンダーソンは言った。「大喜びで。もうちまちま使ったりしない。もうパッチを小分けにしたりしない。思う存分使う」

「危険だぞ」

「望むところよ。この世界は中にいないと理解できない。死の入口へつま先立ちで忍び寄るのは何よりの快感なの。その大きな黒い扉に近づいて、ノックするのは。それくらい異常な世界だということ。依存症のだれかがドラッグを使い、それが予想以上に強かったせいで死んだというニュースを聞いたら、わたしはその人に同情なんてしない。全然ちがう。そんなにいいものはどこで手にはいるのだろうと思う。自殺したいからじゃない。正反対のことを望んでいるからよ。わたしは永遠に生きて毎日ハイになりたいと望んでいる。ごめんなさい、リーチャー。わたしは変わってしまった。変異してしまった。あなたの見つけた指輪が、わたしのものでなければよかったのに」

「パーティーをしたら、つぎはどうするんだ？」

「いずれは量を抑えなければならなくなるでしょうね。自宅でできるのなら、たぶん点滴を打つ」

「抑えられると思うか？」

ローズはフードの内側でうなずいた。「ドラッグは好きでたまらないけれど、まだ昔の自分がしっかり残っているのよ。それはわかる。わたしはウェストポイントと九年間の歩兵生活を耐え抜いた。これだって耐え抜ける。完全に断たなくてもいいとわかっていれば。約束の品がいつもそこにあるとわかっていれば。たとえば、一週間がんばったご褒美に、土曜の夜は使うとか。その段階まではたどり着けると思う」

「つぎはどうする？」

「百歳になるまで妹の家に引きこもる。そのころになればみんな醜くなっていて、わたしもたいして目立たないだろうから。それまでは楽観できない。そのつぎはない。実現するとは思えないけれど」

「仕事だってできるぞ」

「自分のことを棚にあげていないかしら」

リーチャーは微笑した。

「わたしだってときどき働いている」と言った。「肉体労働をしたり、ナイトクラブの用心棒をしたりして。フロリダのキーウェストでスイミングプールを掘ったこともある。手作業で。きっとまだあるはずだ」

「入院中に精神科医が会いにきたことがある。問題には真っ向から取り組むという、新しい考え方をしている学派の人だった。要は気休めを言わないのよ。もちろん、わたしの給与等級は少佐相当のO－4だった。立派な大人なのだから受け止められるはずだと見なされた。精神科医はデータを見せた。顔に傷を負った従業員は客や同僚をひどく動揺させるから、ほぼ百パーセントが奥まった部屋でひとり働くことになるそうよ」

「わかった。仕事はするな」

「わたしたちの人格がどれほど顔と深く結びついているかについても、長く話し合った。意識下で起こる暗示とか微妙な差異とかについて。それはわたしたちのまさしく根本にかかわっている。あとで気づいたのだけれど、医師が真っ向から取り組んだのはそこまでだった。あとはさりげない言い方が使われた。ほのめかされた。もう恋愛は無理だと伝えられた」

「ポーターフィールドの意見はちがったようだが」

「サイは特別だった」

「目が見えなかったのか？」

「自分なりの問題をかかえていた」

背後でドアがあき、マッケンジーがブラモルを連れてポーチに出てきた。マッケンジーは何か言いたそうだったが、ブラモルの携帯電話が鳴った。私立探偵は電話を出して画面を確認した。

そして言った。「ノーブル特別捜査官です。デンヴァーのオフィスから」

ローズを見る。

つづいてリーチャーを見る。

期待する目で。

リーチャーは言った。「わたしに悪役をやらせたいのか？」
電話を受けとった。緑のボタンを押す。耳に電話をあてた。
そして言った。「もしもし？」

なぜブラモルの電話にリーチャーが出るのかと訊かれたので、あいまいに答えた。ブラモルは散歩中で、圏外に出るかもしれないから電話を置いていったのだと。

39

ノーブルは言った。「ブラモルはミセス・マッケンジーに雇われているんだな？金で」

リーチャーは言った。「そうだ」

「だがあんたはちがう」

「そうだ」

「それなら、あんたと話したほうがよさそうだ。いま、ミセス・マッケンジーは声が届くくらい近くにいるか？」

「いる」

「場所を移してくれ」

リーチャーは電話を峡谷のほうに掲げ、電波を受けやすくするためにそちらへ向かっているふりをした。峡谷の縁で岩の上に立って言った。「どういうことだ？」

ノーブルの声が耳に響いた。「もうミセス・マッケンジーの姉を見つけたことと思う」

「なぜ？」

「見つけていないと言うつもりか？」

「なぜ見つけたと思うのかを訊いている」

「そんなにむずかしいことか？　そのあたりのどこかにいるのに」

「このあたりはとても広い」

「それは説明だ」ノーブルは言った。「否定になっていない」

「果てしなく広い森林地帯に空き家となった丸太小屋が散らばっているのに、身を潜めている人間を捜し出すのは不可能に近い」

「それも説明だ」

「一日中だってつづけられるぞ」リーチャーは言った。「何せわたしは軍にいたからな」

ノーブルは言った。「ローズ・サンダーソンが必要だ」

「なぜ？」

「情報のためだ。捜査を終結させる必要がある」

「そのためならビリーがいるだろうに」

「ビリーのせいでサンダーソンが必要になったんだ。ビリーは嘘をついていると思う。ほら話ばかりしている。おれがむだ骨を折るよう仕向けて楽しむためか、単に自尊心を満足させるために。いい商品の入手方法については嘘を言いたがる密売人もいるからな。凄腕《すごうで》だ、頼りになる男だ、などと思ってもらいたくて。だが、捜査を終結させる前に客の裏づけ証言がいる。いざというときの保険として」

「ビリーはなんと言っているんだ？」

「いつも売っているものをいまでも売っていると言っている。アメリカ合衆国内で箱詰めされ、商品名をつけられた国産のオキシコドンとフェンタニルを」

「ほら話だろう」リーチャーは言った。「そんなことは不可能だと言ったのはあんただ」

「不可能だ。証明だってできる。文字どおり、あらゆる商品があらゆる段階でバーコードによって管理されている。文字どおり、錠剤のひとつひとつに至るまで。おれたちはそのデータにアクセスできる。いまでは横流しは皆無だ」

「それならほら話だな」

「しかし、ビリーは知るはずのないことを知っている。箱はときどき変わる。病院に納入する箱の内側に、新しい宣伝文句が書かれているのをビリーは知っている。まだだれも見たことがないはずなのに」

「それならほら話ではないな」

「ほら話に決まっている。コンベヤーベルトも箱も輸送用の外箱もすべて追跡されているし、トラックにはGPS発信器が取り付けられているし、注文と支払いが一致するかも確認されている。もし一致しないところがあれば、ほうぼうで赤い警告灯が光りはじめる。そんなことは起こっていない。行方不明になった商品はない」

「だったらどちらなんだ？　ほら話なのか、ほら話でないのか？」

「だから胸のつかえを取りたい。とにかく、ローズ・サンダーソンが何を買っていたのか、本人に訊く必要がある」

「供給網をさかのぼってみたらどうだ？　客の証言より卸売りの証言のほうが重みがあるだろう」

「卸売りの正体はつかめていない。不透明なネットワークだからだ」

「ビリーは名前を吐きそうにないのか？」

「これまでのところ、ビリーは優秀な手下を演じている。こちらが得られたのは、遠まわしに探りを入れて引き出した情報だけだ。このままだと改めて捜査を開始しなければならなくなる。そんな時間はない。この方法ならもっと時間を節約できる。欲張るつもりはない。捜査を終結させたいだけだ。ビリーは嘘つきのろくでなしで、メキシコから持ちこまれる昔ながらの粉末しか売っていないと、サンダーソンが証言してくれるだけでいい」

家に目をやると、サンダーソンと妹とブラモルはまだポーチにいた。話しこんでいる。熱のはいったやりとりをしているようだ。

リーチャーは言った。「わかった。もしそんな機会があったら、あんたの要求は必ず伝えておくとも」

ノーブルは言った。「いまどこにいる?」

「このあたりはとても広い」

「サンダーソンの家にいるのか?」

「正確な場所を突き止めるのはむずかしいぞ」

「携帯電話で話しているのに」

「中継している基地局は全方向性で、ニュージャージー州ほどの広大な範囲のどこかにある」

ノーブルは言った。「市民が連邦捜査官と話すときに適用される法がいくつかある」

リーチャーは言った。「おや、劇的な音楽が流れるとばかり思っていたのに」

「ローズ・サンダーソンの現在の居場所を知っているな?」

「この市民が連邦捜査官と話すときに適用される法はほかにもある。たわごとは聞き流して、よけいなことは言わないというのがその要点だ。こういうことがどう転ぶかはわたしも知っている。あんただって知っているはずだ。たいていは予想よりうまくいかない。だからあんたはつねにプランBを用意して、またひとつ手柄をあげたと上に認めてもらおうとする。だれだってそうする。あんたはローズ・サンダーソンにメキシコ製の粉末を買ったと証言させたい。念のために。サンダーソンはあんたのプランBだ」

「サンダーソンは毎日法を破っている」

「いまはサンダーソンのことは忘れるべきだ。真剣にそう言っている。さもなければ重大な失策を犯すぞ。サンダーソンはアフガニスタンで顔面を負傷した。あんたも双子の妹に会ったはずだ。よく考えてみろ。世界中の新聞に、ふたりの写真が並んで載ることになる。まるきりちがう顔だ。国に仕えたせいで、それだけ変わってしまった。そんな女性が鎮痛剤を使ったから逮捕するのか？　激しい反感を買うだろうな。DEAは嘲笑される。わたしはそちらの評判ががた落ちになるのを止めてやろうとしている」

「居場所を知っているな？」

「ワイオミング州にいる」

「おれの質問に答えるのを拒否するのか？」

「いや」リーチャーは言った。「わたしはあんたの質問にすべて答えている。あんたがまだ考えてもいなかった質問にまで。三日ほど経ったらまた電話で話そう。条件はふたつある。それまで干渉しないこと、ローズ・サンダーソンという名前を忘れることだ」

「三日後にする理由は？」

「そういう質問は干渉しないという条件に触れる」

「交渉するつもりはない」

「それなら別の方法を提案しろ。いや待てよ、そんなものはないな。だったらこれでやっていくしかない。言っておくが、わたしは元憲兵だ。あんたとちがうのは制服だけだ。あんたをだますつもりはない。むしろあんたに手を貸そうとしている。たまにそういう幸運に恵まれるものだ。こちらはローズ・サンダーソンというわずかな分け前をもらうだけで、残りはそちらにやる。断言するが、この取引に乗らないのは損だぞ。あんたは表彰されて英雄になる。ミスター・ブラモルも言っていたが、大勝利として賞賛されるし、この地域でも指折りのめざましい成功談として歓迎される。それがただで手にはいるんだぞ、ノーブル。サンダーソンを巻き添えにするのとは大ちがいだ。コミックの少年探偵ならこういう申し出に乗るだろう。政府の仕事のやり方を知っているからだ」

「あんたは政府じゃない」

「政府とはけっして手を切れない」リーチャーは言った。「それなりの人物なら」

ノーブルは何も言わなかった。これでまたチェックメイトだ。ノーブルは反論できない。まったくだ、お互い苦労ばかりだよな、と言わずにはいられない。

「三日だ」リーチャーは言った。「のんびり待っていてくれ。ショーでも観にいって」

電話を切った。家に戻る。ブラモルが途中で迎えた。リーチャーは電話を返した。

「三日もらった」と言った。「それに、ローズのことは忘れてくれる」

「お見事」

「ありがとう」

「何と引き換えにしたのです？」

「幕引きをさせる」

「なんの？」

「引くべき幕があるのは確かだ」

「何か思いついたと？」

「心づもりに近いな」リーチャーは言った。「あんたに訊きたいことがある」

「なんですかな」

「ラピッドシティにいたとき、なぜスコーピオのコインランドリーを見張っていた？

「何を確かめるつもりだった？」

「最初は客です。通話記録によれば、ローズはそこに一度電話をかけている。コインランドリーにだれが電話をかけます？　客だけです。ローズはそこで何かをなくしたのかもしれない。営業時間を知りたかったのかもしれない。ローズは近くに住んでいるのではないかと考えたのです。それか、一時期住んでいたのではないかと」

「しかし、客はいなかった」

「ひとりかふたりだけでした」

「ほかに出入りは？」

「一度も見ませんでした」

「裏口も見張ったか？」

「バイクが二、三台来ていました」

「しかし、荷を積んだりおろしたりはしていなかった」

「一度も見ませんでした」ブラモルは繰り返した。「荷物の積みおろしをするところではないのでしょう。ふつうの出入口にすぎないかと」

「わかった」リーチャーは言った。

そのとき、マッケンジーがそばに来て、今晩泊まる小屋を見ておきたいと言った。近くの空き地を四角く囲むように四軒の小さな家が建っているとローズから聞いたらしい。空気の入れ換えをしてあり、寝泊まりできるとのことだった。きれいなものが朽ちていくのを見るのは残念だから、ローズがずっと手入れをしているらしい。

目当ての小道を見つけた。これまでに見た小道と同じようなもので、最近ではワニ革のブーツの男にライフルを向けられた小道もこんな感じだった。そういう状況でなければ歩くのはたやすい。百メートルほど行くと空き地に出て、説明のとおり、ひと部屋だけの家が四軒、テニスコートほどの大きさの広場を囲んで建っていた。小さな村のようだ。家は丸太造りだが、どれも外観は異なり、どれも本格的な建物のように造ってあって、どれも一台用の車庫並みの大きさしかない。ドアは四つとも施錠されていなかった。ブラモルが目についた一軒を選んだ。マッケンジーはその向かい側の一軒へ行った。リーチャーは南向きの一軒で妥協した。

都市部ならワンルームのアパートメントと呼ばれそうな家だった。ベッドのあるリビングルーム、でなければソファのある寝室と、最低限の簡易キッチンと、小さなバスルームを備えている。ホームパーティーを開いたときに予備の宿泊施設として使われるのだろうとリーチャーは思った。食べたり飲んだり騒いだりするのは大きな家でやって、泊まるのはここを使う。知り合い同士の四組の男女が利用していたのかもしれない。

グラスに歯ブラシを入れてバスルームから出てくると、戸口からマッケンジーがのぞいていた。

マッケンジーは言った。「夫が医師捜しをはじめました。何日か休暇をとるそうです。方針は理解してくれています。ゲストスイートは家政婦が用意しているところです。イリノイまでの足はミスター・ブラモルが提供してくれます。あの車なら乗り心地もいいでしょう」

「確かに」リーチャーは言った。「あれはいい車だ」

「あとはあなたしだいだと言いたくて」

「あとは？」

「そのあいだをどうやりくりするかです」

「わかった」リーチャーは言った。「それが公平な分担だな」

「できるとしたらの話ですが」

「いま考えている」

「可能なのですか？」

「ローズは踏ん張らなければならなくなるだろう。きっと踏ん張れる。まだ昔の自分が残っていると言っていた。指輪をわたしに預けるくらい賢明だった。あるいは、それくらい自覚していた。自分が何をしているかは、本人もある程度はわかっている。いまでも昔のような考え方ができる。いずれローズはわれわれを信じなければならなくなるし、われわれもローズを信じなければならなくなる」

「いつここを離れるのです？」

「あしただ」リーチャーは言った。


食料雑貨店で買ってきた品を出し、四人はいっしょに夕食をとった。ローズはかなりハイになっていて、上機嫌だった。表情が豊かで、生き生きとしている。フードとアルミ箔の下で声をあげて笑い、頬をゆるめ、三人を代わる代わる見ながらしゃべり、聞き、答えた。マッケンジーも姉とともに笑い声をあげ、そのうちの半分はSF映画の牽引《けんいん》ビームのように無限のエネルギーとよりどころを映し出し、姉に確かな支えを与えていたが、もう半分は新しい状況に対する絶望と困惑を映し出していた。妹も途方に暮れている。昔ながらのおとぎ話なら、美しい姉は傷を負って家に帰り、胸に秘めた怒りや憤りを残らずあらわにしたのちに、涙ながらに敢然と決意する。だがこれはちがう。物語のひな形はない。ふたりとも美しい姉の立場にある。出発地点に変わりはない。怒りや憤りはない。いさかいもない。ふたりは同じだ。そう言っていい。姉妹の距離は縮んでは広がり、ふたりがアスペンのようにひとつの生命体に見えるときもあれば、切り離されて見えるときもある。ただし、完全には切り離されない。ふたりはひとりでもあり、ふたりでもある。これまでも、これからも。だがどちらも、現在のその関係がどうなっているかはわかっていない。外からどんなふうに見えるかも。いまは自分たちをどう形容すればいい？　わたしと姉、あるいはわたしと妹と言わなければならないのか。もうわたしたちとは言えないのか。それはふたりにはじめて突きつけられた問いだった。

しばらくしてリーチャーは、翌日の流れを説明した。骨子や概要やスリーステップと呼ばれるものに近く、まだ埋めなければならない穴は多い。マッケンジーは震えあがった。ブラモルはそれだけで済むとは思っていないかのように目をそらした。ローズは落ち着いていて、リーチャーはフードの内側から視線が向けられているのを感じた。入念に吟味されている。最も重要な聞き手はローズだ。失うものが最も大きいのだから。だが、ローズは本物の兵士でもある。接敵した瞬間、どんな計画も通用しなくなるのを知っている。あとは運に左右される。それをローズは熟知している。

説明を終えると、リーチャーはブラモルに、車を家の裏に移しておくよう頼んだ。そこなら私道の入口から見えない。それからカウボーイたちの家に通じているはずの小道を歩いた。昔の労働者用宿舎に似た平たい丸太造りの建物があり、そのポーチにカウボーイたちがいた。三人だったのがふたりになり、缶ビールを少しずつ飲んでいる。ショックと罪悪感のためだろうが、不安げな様子だ。特にワニ革のブーツの男は、もっと根源的な部分で卑屈になっているように見える。人を殺そうとしてしくじり、目をあげたらその相手がこちらへ歩いてくるところだったからだろう。それは脳の奥深くに刻みこまれた原始の感情のようなものであり、梯子《はしご》がまだなくて木をのぼるしかなかった時代から、人間関係という梯子での自分の立ち位置を決めている。

　リーチャーは言った。「狂った時代だな」

　どちらの男も答えなかった。口をはさませない権利が相手にはあると思ったのかもしれない。講義のように。カウボーイらしい態度なのかもしれない。恨みっこなしだとリーチャーは言いたかった。切羽詰まっていたことは理解できるし、そのせいで魔が差したのも理解できると言いたかった。だが結局、言わなかった。ややこしい話になるからだ。その代わり、何をしてもらいたいかを言った。順を追ってはっきりと説明し、ひとつひとつ教えたうえで、必要なものを渡した。許しを与えるより効果があったのがわかった。働いたり罰を受けたりすれば自由を取り戻せた古い法制度の一員であるかのように、ふたりは顔を少しあげて目に新たな決意を宿した。

　リーチャーはサンダーソンの家に戻った。中に明かりがついている。ブラモルがトヨタ車を停めた場所を確かめた。うまく隠れている。ＦＢＩにしては上出来だ。自分のひと部屋だけの丸太小屋へ歩いた。小さな村へ。マッケンジーの小屋もブラモルの小屋も明かりがついている。さまざまな人が眠りにつこうとしている。さまざまな支度や入眠儀式がおこなわれている。長々としたものかもしれない。ブラモルは従者よろしく、スーツにブラシをかけているかもしれない。マッケンジーはおそらく、何かを飲んだり塗ったりとかでもっと複雑な儀式をおこなっている。

サンダーソンもきっとそうだ。

リーチャーはベッドにはいった。丸太の壁に、丸太の天井。人気があるのもわかる。頑丈、重厚だ。安心感を与えてくれる。

40

カウボーイたちは夜明けとともに起きると、丸太造りの建物のポーチで揺り椅子にすわり、ブリキのマグからコーヒーを飲んだ。丘の向こうから太陽が顔を出し、平原に凹凸のない影を投げかけている。ローズ・サンダーソンは自分の家でまだ寝ていた。夜明けとともに起きる習慣はなかった。フェンタニルがそうさせている。ブラモルは起きていて、すでにシャワーを浴びて着替え、髪を梳《と》かしてネクタイを結んでいた。マッケンジーは身じろぎして目を覚まし、何も起こっていない幸せな忘却の時間をつかの間過ごした。が、すぐに思い出し、眠りに戻りたいという気持ちと、起きてともかく進展と思えるような何かをしたいという気持ちがせめぎ合った。結局は眠りに戻りたいという気持ちが勝った。短い時間だけだったが。外の空気は冷たい。山の上の、夏の終わりの早朝らしく。

一時間後、カウボーイたちは私道の入口へ行った。前日と前々日の朝と同じく、そこで待った。ただし、けさは三人ではなくふたりしかいない。風景の一部になったかのように、話もせずに突っ立ち、ひたすら辛抱した。ローズは自分の家で身じろぎして目を覚ました。ナイトテーブルを手で探る。パッチが二枚。そのまま残っている。息をつき、枕に寄りかかった。これなら起きても安心だ。ブラモルは簡易キッチンでコーヒーを淹《い》れ、ポーチに出てそれを飲み干そうとしていた。マッケンジーはシャワーを浴び、髪を洗い流していた。

一時間後、カウボーイたちはまだ待っていた。日が高くなり、背後の尾根を見おろしている。カウボーイたちが立つあたりの木々にまだら模様を作り、空気を暖めている。ローズは自分の家でシャワーを浴びていた。ブラモルはとうにコーヒーを飲み干していたが、ポーチにとどまって時間を潰していた。人生とは耐えることだと学んだ人のごとく。マッケンジーは自分の小屋で肘掛け椅子にすわり、医師の件を夫と電話で話していた。

一時間後、カウボーイたちはなおも待っていた。その男を、密売人を、薬を。時間がむだに費やされている。依存症の者たちの人生の一部が。ふたりは木に寄りかかり、マツの香りがする静かな空気を吸った。ローズ・サンダーソンは自分の家で着替え、銀のトラックスーツの上を着てフードを引きさげた。新しいアルミ箔を切りとり、新しい軟膏を塗って、顔に押しつける。リビングルームへ行って、窓をあけた。位置に着いて準備を整える。ブラモルも五十メートル離れた森の中で位置に着いて準備を整え、丸太に腰掛けた。マッケンジーは反対側の五十メートル離れたところでモミの幹に寄りかかり、木漏れ日がその髪をきらめかせた。

一分後、私道の入口で苦しげなエンジン音と悪戦苦闘するタイヤの音が響き、カウボーイたちは脇にどいた。カメのようにキャンパーシェルを上に載せた傷だらけの古びたピックアップトラックが森から出てくる。ハンドルを握るスタックリーは前に目を走らせた。黒のトヨタ車は見当たらない。大男も。ほかにはだれもいない。

速度を落として停車する。

ワニ革のブーツの男が歩み寄った。

スタックリーは車をおりた。

そして言った。「首尾は？」

男は言った。「感謝してもらわないとな」

「なんの件で？」

「大男の件で」

「済ませたのか？」

「きのうの午後に」

「どうやった？」

「森に誘いこんでライフルで撃った」

「見せてもらえるか？」

「もちろん」男は言った。「だが、山を一時間のぼったところにある。発見されるのを遅らせたかった」

「なら、どうやって確かめればいい？」

「いまこうして伝えてる」

「証拠が要る。この件の報酬はとびきり多いからな」

「ひとりにふた箱ずつだ」

「全員でふた箱だ」スタックリーは言った。

そして改めてふたりを見た。「きのうは三人いたはずだが」

男は言った。「ひとりは体調を崩してる」

「何があった？」

「喉が痛いらしい」

「大男の件では証拠が要る」スタックリーは言った。「これはビジネスだ」

ワニ革のブーツの男はポケットに手を入れ、青い小冊子を出した。銀色の文字と図柄が印刷されている。パスポートだ。発行されてから三年ほど経っているらしく、少しうねって曲がっている。男がそれを渡した。スタックリーは中を開いた。ちょうど大男の写真が載っている。石のように無表情な顔。名前はジャック・リーチャー。ミドルネームはない。

「大男のポケットにはいってた」男は言った。「頭ほどめちゃくちゃにはなってなかった」

スタックリーは自分のポケットにパスポートをしまった。

そして言った。「これは記念品として預かっておく」

「いいさ」

「お手柄だ」

「喜んでもらえて何よりだ」

「だが困ったことになった」スタックリーは言った。「商売がうまくいきすぎててな。在庫が少ないんだ」

「どういうことだ」

「待ってもらう必要がある」

「約束とちがう」

「おれにどうしろと？　もしかしたらもうおまえたちが片づけてくれてるかもしれないから、別のやつに売るのを控えればよかったのか？　正直言って、こんなに早く片づくとは思わなかったんだよ。仮定の理由で商品を取り置きしておくのは無理だ」

「つまり全然残ってないのか？」

「たいしてない」

男は言った。「見せてもらえるか？」

「もちろん」スタックリーは言った。別にいやではなかった。減っていく在庫はそれだけで一種の宣伝になる。現代の環境では。いまのビジネスは速度こそすべてだ。それが第一の原則だ。そう思いながら、キャンパーシェルのドアのほうを振り返った。

そしてパスポートの男と顔を突き合わせた。

リーチャーは森から静かに進み出て、スタックリーの一メートル以内にまで忍び寄っていた。腎臓を軽く殴ろうとした瞬間、スタックリーがキャンパーシェルのドアのほうを振り向いたので、代わりに腹を軽く殴ることになり、その打撃だけで密売人は体を折り曲げた。リーチャーは殴った手をそのままスタックリーの肩にあて、顔から地面に叩きつけたうえで、体を探った。上着のポケットのひとつから自分のパスポート、もうひとつから九ミリの拳銃が出てくる。ブーツの片方には二二口径が、もう片方には飛び出しナイフが突っこまれていた。九ミリは古いスミス＆ウェッソンM39で、磨きあげた木製のグリップが美しい。二二口径はルガーで、ベストのポケットには収まらないが、ブーツにははいる。飛び出しナイフは安物で、中国のおもちゃ工場で作られていそうな品だった。

スタックリーは泥まみれで息を切らし、小さくもがいていた。たいして痛めつけられてもいないのに大げさだとリーチャーは思いながら、ピックアップトラックのキャブを調べた。グローブボックスには何もはいっていない。だが、運転席のシートの下にもともとは消火器用だったらしい固定金具があり、それを改造して木製グリップの古い九ミリをもう一丁はさみこんであった。スプリングフィールドP9だ。あとは古いガソリンスタンドのレシートやサンドイッチの包み紙が散らばっているだけだった。

倒れているスタックリーのもとに戻り、古いスミス&ウェッソンを持ってまっすぐに突き出した。リリースボタンを押し、弾倉を一メートル半の高さから落とす。スタックリーの頭に命中した。悲鳴があがる。銃の本体も落とした。ふたたび悲鳴があがる。同じことをルガーの弾倉と本体、スプリングフィールドの弾倉と本体でもやった。合わせて六回の悲鳴があがった。

それから言った。「立て、スタックリー」

スタックリーはどうにか立ちあがったが、少し前かがみになっていて、顔色も少し悪かった。痛む頭を茫然とさすっている。昨晩のカウボーイふたりと同じ動物的な問題をかかえている。人を殺そうとしてしくじり、目をあげたらその相手がすぐそこにいる。もう言いなりになるしかないのか、と思っている。

リーチャーは言った。「キャンパーシェルのドアをあけろ」

ドアは薄いプラスチック製だった。スタックリーはそれを大きくあけ、後ろにさがった。リーチャーは毛布をどかした。箱がひとつだけで、中身はほとんどなくなっている。個別包装したパッチが三枚しか残されてなく、もっとたくさん入れるための空間に散らばっている。

〝たいしてない〟。

リーチャーは後ろにさがった。

「在庫が底を突きかけているようだな」と言った。「通常の手順ならどうしている？」

「すまなかった」スタックリーは言った。「この件では。ああするしかなかった。やれと命令されたんだ。悪く思わないでくれ」

「それについてはあとで話し合おう」リーチャーは言った。

「ある男のせいなんだ。そいつに言われたとおりにしなきゃならない。そいつにやれと命令されたんだ。やりたかったわけじゃない。頼むから信じてくれ」

「あとにしろ」

「まさかあの三人がほんとうにやるとは思ってなかったんだ。命令にしたがうふりだけしようと思ってた。そうすればやるつもりだったと言いわけできるから。悪いのはあの三人なんだよ」

「質問をしたんだが」

「なんだったか覚えていない」

「在庫が底を突きかけている」リーチャーは言った。「こういう場合はどうしている？」

スタックリーは何か考えをめぐらしている目になった。視線をあげ、またおろす。考えをまとめている、とリーチャーは思った。あるいは考えを改めている。何かから別の何かへと胸中が変わっている。勝利から敗北へ、希望から絶望へ。降伏へと。

スタックリーは敗北のため息のように息を吐いた。

そして言った。「在庫が尽きたら追加をもらう」

「どこで？」

「倉庫みたいな場所で、車を乗り入れて並ぶんだ。そのまま夜の十二時まで待つ」

「その倉庫はどこにある？」

スタックリーは一瞬黙った。

「特別なプリペイド携帯電話を渡されてる」と言った。「それにテキストメッセージが届く」

「その特別なプリペイド携帯電話とやらはどこにある？」

スタックリーはキャンパーシェルを指差した。

「そこの棚にはいってる」

リーチャーは言った。「取ってこい」

スタックリーは進み出て中に体を入れた。留め金をはずす音が聞こえた。その瞬間、脈絡のない考えがつぎつぎに浮かんだことを、リーチャーはあとになって思い返すことになる。まるで自分の一生が目の前でつづけざまに映し出されたかのようだった。ただしそれは一生ではなく、最後の三十秒間に犯した誤りにすぎず、それを解説し、分析し、嘲笑し、滑稽なほどに誇張していた。確証バイアスを扱った心理学の教科書の脚註《きゃくちゅう》に、一方が他方の目の動きを見てその意味をみずからに都合よく解釈した有名な事例として、自分の名前が載っているのを想像するほどに。

スタックリーは降伏などしていなかった。逆に懸命に頭を働かせ、逆転の一手を見つけていた。生命線を。スタックリーは愚か者ではない。目の表情が変わったのは、敗北からまた勝利へと胸中が変わったからだ。絶望からまた希望へと。リーチャーはそれを完全に読み誤った。完全に逆だった。甘く見すぎた。楽観的にすぎた。そのせいで武器についても誤った結論をくだした。スプリングフィールド、スミス&ウェッソン、ルガーの二二口径をひとりの男から見つけたら、さすがにもう火器はないだろうと思う。だから銃を弾倉と本体に分け、相手の頭に落として遊んだりする。

しかし、心理学の教科書なら、銃を三丁持っていたのなら四丁持っていてもまったくおかしくないと教えるだろう。物々交換をしている麻薬の密売人ならなおさらだ。

迂闊《うかつ》だった。

スタックリーが身を起こして振り返った。

銃を手にして。

キャンパーシェルの棚にあった銃を。

銃は古いコルトの四五口径で、鋼鉄製のフレームは年季がはいっているが、岩のように頑丈だ。距離は二・七メートルほど。スタックリーが前のめりに構えれば二・四メートルになる。はずすほうがむずかしい。大男の弱点だ。にわかに突きつけられた進化上の不利な点。的が大きすぎる。

リーチャーはスタックリーの目を観察した。まだ懸命に頭を働かせている。損失、利益、有利、不利を考えている。リールが回転し、チェリーの絵柄が並ぶ。短期的には、目下の問題を解決できる。長期的には、実行力があって頼りになる男だという好印象をアーサー・スコーピオに与えられる。引き金を引くだけで。いまこの場で。一度だけ。唯一のマイナス材料は場所だ。私道の入口に死体を置き去りにするわけにいかない。森の中へ一キロ半は運ぶ必要がある。だが、それはカウボーイたちにやらせればいい。パッチをひとつただでやると言えば引き換えに働いてくれるだろう。ネブラスカまで死体を運んでくれるのならふたつやってもいい」

リーチャーは言った。「わたしに銃を向けるな」

スタックリーは言った。「なぜ向けちゃいけない？」

「取り返しのつかない過ちになるからだ」

「この状況で？」

スタックリーはコルトを掲げた。

両手で。

リーチャーの胸の中心に向ける。

納屋のドアを狙うかのように。

そして言った。「これのどこが過ちなんだ？」

「すぐにわかる」リーチャーは言った。「悪く思うな」

スタックリーの頭が爆発した。

テーブルからスイカが転がり落ちたときのような湿った落下音が響いたかと思うと、超音速のNATO弾の鈍い飛翔《ひしよう》音と、M14の年代物の発砲音がつづいた。スタックリーの頭部は即座に赤い雲となって霧散し、まるで手品で消したかのように、その破片が体のあとを追って、ひとかたまりになった服と手足と命を失った肉体に降り注いだ。リーチャーが家のほうを振り返ると、窓際にローズ・サンダーソンがいて、射界に目を向け、狙撃の結果を確認していた。文句なしだ、とリーチャーは思った。百メートルの距離からリーチャーとカウボーイたちの隙間を狙い、スタックリーの耳の真上に命中させた。自分が生まれるより二十年も前に軍が放出したライフルで。

見事な腕前だ。

サンダーソンは家から出てくると、フードを引きおろした姿でライフルを片手で持ち、リーチャーたちのほうへ歩いてきた。右からブラモルが急いで出てくる。左からはマッケンジーが出てきたが、目にした光景にだれよりも動揺していた。理論的には、マッケンジーはこの結果を喜んでもおかしくない。実利の面でも、倫理の面でも。しかし、高速のライフル弾によって粉砕された人間の頭部というのはとても理論的に評価できるものではない。紫色の残骸が冷たい山の空気の中でかすかに湯気をあげている。マッケンジーは顔を背けて姉を見た。〝ローズには人を殺す覚悟があったけれど、わたしにはなかった〟。口でそう言うのと、実際に目にするのとではまったくちがう。

リーチャーは言った。「ありがとう、少佐」

ローズは言った。「スタックリーはどれくらい持っていた？」

最も重要な問題だ。

「多くはない」リーチャーは言った。

「そんな」

サンダーソンはスタックリーの体を迂回して、ピックアップトラックの後部をのぞきこんだ。毛布を脇にどかして探しまわる。そして肩を落とした。想定外だったわけではないが、残念な結果だったのは確かだ。〝接敵した瞬間、どんな計画も通用しなくなる〟。サンダーソンは〝この計画はずいぶんと早くつまずいたわね〟とでも言いたげにリーチャーを見た。

そして言った。「スタックリーはどこで追加しているの？」

リーチャーは言った。「そこまで話が進まなかった」

「アーサー・スコーピオの店ね？」

「ちがう」リーチャーは言った。「スコーピオの店に出入りはない。荷を積んだりおろしたりはしていない。スコーピオが何をしているにせよ、遠隔操作でやっている」

「スタックリーは正確にはなんと言ったの？」

「倉庫があって、そこに車を乗り入れて並び、夜の十二時まで待つと言っていた」

「場所は？」

「プリペイド携帯電話にテキストメッセージが届くそうだ。電話はそこの棚にあると言っていた」

留め金をはずす音と、棚の戸をあけたり閉めたりするくぐもった音が聞こえた。十二回くらいは聞こえたかもしれない。キャンパーシェルはそこら中に棚があった。船上生活でもしているかのように。

「電話は一台もない」サンダーソンは言った。

「あるわけがない」リーチャーは言った。「囮《おとり》だったんだ。銃を取ってくるためのもの」

「それなら、行き先はどうやったらわかるの？」

「行き先はわからない」

サンダーソンは立ち尽くした。小さくなり、肩を落とし、打ちひしがれて。サンダーソンは薬物依存症だ。そしていましがた自分の密売人を撃ち殺した。破滅したも同然だ。ビルから身を投げたに近い。いまサンダーソンは空中を真っ逆さまに落下し、恐怖の風切り音が耳に響いている。

パニックに陥りかけている。

リーチャーは言った。「電話のことは忘れろ。電話は策略だ。スタックリーのでっちあげだ。そういう手順になっているはずがない。車を乗り入れて並べるほど広い倉庫は移動祝祭日とはちがう。直前になって用意できるものではない。常設されているにちがいない。決まった場所にあって、安全が図られている。どこかに隠されている」

ローズは言った。「でもどこなの？」

ブラモルが言った。「スタックリーがふだん使っている電話はどこに？」

一分の隙もない身なりの小柄な体が、凄惨な現場で腰をかがめる。皺の寄ったスタックリーのポケットをひとつひとつ調べていく。ペーパーバック大のサムスンのスマートフォンが出てきた。画面にひびがはいっている。パスワードは設定されていない。ブラモルは画面に触れてスワイプした。

「スタックリーは三日前にビリーのあとを継ぎました」ブラモルは言った。「まずは商品を受けとらなければならなかったはずです」

三日前のテキストメッセージは残っていなかった。Eメールも。だが、ボイスメールが一件あった。ブラモルはそれを再生し、耳を傾けながら内容を伝えた。

「屋内駐車場へ通じる側道があるようです。屋内駐車場には、除雪車などの冬用装備がしまってある。充分な空間があって、そこを自由に使っている。扉の前に見張りがいる」

リーチャーは言った。「場所は？」

「何も言っていません」

「言っていなければおかしい。スタックリーは新顔なのだから」

「言っていないのです。スタックリーがもとからよく知っていた場所なのかもしれません。すでにだいたいの場所を教わっていたのかも」

「ボイスメールを残したのはだれだ？」

「輸送を取り仕切っている男のようです。詳細を知り尽くしています」

「エリアコードはわかるか？」

「非通知です」

「厳しいな」

ローズ・サンダーソンはふたたびキャンパーシェルへ行った。中に身を入れ、包装された三枚のパッチを持って出てくる。ふたりのカウボーイに一枚ずつ渡した。昔のよしみで与えたのだろう、とリーチャーは思った。餞別《せんべつ》だ。優秀な士官らしくもある。つねに部下のことを気にかける。サンダーソンは残った一枚を自分のものにした。ポケットからもう一枚を取り出す。きのう買った品の残りだ。二枚を重ね合わせてから、わずかしかないカードの手札のように広げる。数えている。一枚、二枚。そしてもう一度。何かが魔法のように変わっているかもしれないから。一枚、二枚。そしてもう一度。取り憑かれたように。結果は同じだ。

そして言った。「よくない」

リーチャーは言った。「どれくらいもつ？」

「今夜には具合が悪くなる」

「除雪車がありそうなところは？」

「ふざけているの？　どこにだってある。ビリーだって持っていた」

「家にな。わたしが言いたいのは、屋内駐車場に保管しておくような大型の装備のことだ」

「空港でしょうか」ブラモルが言った。「デンヴァーとか」

リーチャーは黙った。

やがて言った。「三日前だったな」

血を流している死体をまたぎ、ピックアップトラックのキャブをのぞきこんだ。サンドイッチの包み紙。ガソリンスタンドのレシート。包み紙を運転席にほうり投げ、レシートを助手席に重ねていった。床を調べ、ドアポケットの中身も出した。

そして言った。「三日前は何日だ？」

マッケンジーが答えた。リーチャーは日付を確かめながら、薄い紙をより分けていった。一年前のレシートもある。破れかけの黄ばんだレシートもある。新しいレシートから見ていくのがよさそうだ。

ブラモルが言った。「手伝いましょう」

結局、四人で手分けした。ピックアップトラックのボンネットのまわりに立ち、親指を舐めながらレシートをつぎつぎにめくった。銀行の窓口係が会計用のテーブルのまわりに集まって紙幣を数えるように。

「一枚ありました」マッケンジーが言った。「三日前の夜です。ガソリンスタンドではないですね。ダイナーかレストランだと思います」

「ガソリンスタンドのレシートがありました」ブラモルが言った。「三日前のやはり夜です」

その二枚を駐車違反切符のようにワイパーにはさんだ。残りを調べていく。あとはもうなかった。

「よし」リーチャーは言った。「見てみよう」

ダイナーのレシートには、三日前の午後十時五十七分に現金で十三ドルを渡して釣りをもらったことが記されていた。ガソリンスタンドのレシートでは、四十ドルちょうどを支払っている。十中八九、油っぽいレジで二十ドル札二枚を前払いしてから、給油ノズルを手に取ったのだろう。時刻は同日の午後十一時二十三分だ。

リーチャーは言った。「スタックリーは遅い夕食をとり、十一時までに済ませた。二十分運転して、ガソリンを入れた。十一時半までに済ませた。それから秘密の倉庫へ車を走らせ、十二時まで待った」

ガソリンスタンドのレシートの上部にはエクソンモービルの文字があるが、所番地は記されてなく、場所のコード番号しかない。ダイナーは〈クリンガーズ〉という店名で、電話番号が記されている。エリアコードは六〇五だ。

「サウスダコタ州です」ブラモルが言った。

私立探偵は携帯電話が電波を受けやすい峡谷の縁へ行った。番号を押す。戻ってきて言った。「ラピッドシティの北の四車線道路沿いにある家族経営の店です」


マッケンジーとブラモルとサンダーソンは荷物をトヨタ車に積みにいった。リーチャーは歯ブラシをすでにポケットに入れてあり、パスポートももとの場所にしまってあった。スタックリーのコルトを見つけ、弾倉と本体に分かれたほかの三丁の銃も拾いあげた。スタックリーの死体をキャンパーシェルに積んで遠くに運び去るようカウボーイたちに指示した。放棄された牧場あたりへ。納屋の中に停めて乗り捨てるよう言った。十年後に干からびてミイラになったスタックリーの死体が、空のフェンタニルの箱に入れられた頭部の残骸とともに偶然発見されるところを想像した。それ以上は何もわからない。事件は迷宮入りになるだろう。

カウボーイたちがピックアップトラックで走り去ると、痕跡は砂利に残った血と、骨や脳の組織の小さな破片だけになった。この空き地に静寂が戻って一時間もすればそれも消えるはずだ。〝舌舐めずりをしながら順番待ちをしてるほかの生き物が何百もいる〟。

ブラモルがトヨタ車を出した。姉妹は後部座席にすわった。マッケンジーは旅行バッグをブラモルのそれと並べてトランクに積んだ。サンダーソンはキャンバス地のトートバッグしか持ってこなかった。三年暮らした家と、トヨタ車の色の濃いフィルムを貼った窓で隔てられ、四方を見まわしている。名残惜しいわけではない。とどまる理由はない。密売人が近いうちに来ることはない。それは確かだ。

席にすわりなおして前を向き、浅く呼吸した。

リーチャーが助手席に乗りこむと、ブラモルはギヤを入れて私道を進みはじめた。根や岩だらけの道が六キロつづき、その先は砂利道が延びている。

41

グロリア・ナカムラは廊下を歩いて警部補の角部屋へ向かった。呼び出しを受けたからだ。理由はわからない。角部屋に着くと、警部補はパソコンの画面を見ていた。Eメールではない。法執行機関のデータベースだ。

警部補は言った。「ファーストネームがビリーで、住所がワイオミングのミュール・クロッシングになっている男をDEAが勾留している。オクラホマで信号無視をやって逮捕されたようだ。モンタナでのDEAの作戦について相棒から警告を受け、ワイオミングから逃げ出したらしい。そういうわけで、人がふたりと犬が一匹くらいしか戦力がないところに連絡する必要はなくなった。ビリーはもう木に隠れて人を撃ち殺すことはできない」

リーチャーではなかったのか、とナカムラは思った。

なぜか残念に思った。

「しかし、問題がある」警部補は言った。「連邦捜査官はスコーピオのことを知らない。それは報告から明らかだ。だれの手下かを突き止めるために、ビリーの名前を捜査中のファイルと照合するよう依頼している。つまり知らないということだ」

「教えるのですか？」

「まさか。気どった連邦捜査官どもに手柄をかっさらわれるのはごめんだ。スコーピオはラピッドシティ市警の獲物だ。昔から。われわれが捕まえる」

「イエス・サー」ナカムラは言った。「スコーピオがすでにビリーの代わりを見つけたのはわかっています。法廷で通用する証拠はありませんが、新しい男が活動しています」

警部補は言った。「データベースにＤＥＡからの要請がもうひとつ届いている。完全な別件のように見えるが、実際はそうでないと思う。最初の要請の直後に送信されているからだ。箱詰めされた国産のオキシコドンとフェンタニルの処方薬を西部で見かけたことはないかと尋ねている。昔のように、大量のそれを」

「そういうのは過去の話だと思っていましたが」

「過去の話だ。工場を出るトラックは一台残らずコンピュータに記録され、ＧＰＳで追跡されるうえに、そもそも何を積んだかも正確に把握されているから、理論上は錠剤のひとつひとつに至るまで追跡できる」

「それなら、ＤＥＡはどうして懸念しているのです？」

「何かが正しく機能していないにちがいない。それか、われわれが思っていたよりもスコーピオが賢いのか。どちらにせよ、連邦捜査官にスコーピオを横取りさせるわけにはいかない。だからきみがいま何に取り組んでいるにしろ、十倍は精を出してもらいたい。ほかの事件はあとまわしだ。連邦捜査官に首を突っこませるな」

ブラモルのカーナビゲーションの画面には、ララミーからシャイアンまではハイウエイを使い、そのあとはひたすら州道を北進するのが最善のルートだと表示された。それにしたがってミュール・クロッシングの交差点で曲がり、砂利道から二車線道路に出て、郵便局と花火店と打ちあげ花火の看板の前を通り過ぎ、ハイウェイに着いたら東行きの車線に乗った。出発してからずっと、マッケンジーは不安げだった。妹も姉と同じビルから身を投げている。手を取り合って。ひとりは内側から、ひとりは外側からだが、ふたりは同じ問題に取り組んでいる。サンダーソン本人は横を向いて窓の外を眺めていた。両手を組み合わせている。震えを抑えるためだ、とリーチャーは思った。必死に努力している。使用を控えている。目安を決めたのかもしれない。百五十キロ進むまではつぎの五ミリを使わないとか。あるいは、赤いトラックを五台見るまではとか、サービスエリアに着くまではとか、ハイブリッドカーを一台見るまではとか。

リーチャーは銃を確かめた。スミス&ウェッソンM39、ルガーの二二口径、スプリングフィールドP9、コルトの四五口径。四丁とも傷だらけで使い古されている。だが四丁とも作動するはずだ。どれも弾は少ししか装塡されていない。スミス&ウェッソンにはパラベラム弾が四発、スプリングフィールドには五発だ。スミス&ウェッソンのほうが好みなので、九発すべてを装塡することにし、八発を弾倉に、一発を薬室にこめた。弾のないスプリングフィールドはドアポケットに入れた。スミス&ウェッソンは上着のポケットにしまった。ルガーは古めかしいスタンダードモデルで、この会社がはじめてこのモデルを製造した一九四九年製かもしれなかった。弾は二発しかなく、二二口径ロングライフル・リムファイア弾だ。好みの弾薬ではなかったので、弾のないスプリングフィールドとともにドアポケットに入れた。コルトは軍用のM1911で、エングレイブとマーキングの形式からして、ルガーよりも古いかもしれない。弾は三発はいっている。銃身を握り、すわったまま体をひねって、サンダーソンに差し出した。

サンダーソンはブラモルの後ろにすわっていて、リーチャーのほうに顔を斜めに向けたとき、顔の右半分よりも左半分のほうがよく見えた。医師たちはすばらしい仕事をした、とブラモルは言っていた。卓越した手腕を発揮した。しかし、実際はお粗末な出来栄えだった、と。三つとも事実だとリーチャーは思った。第一種郵便の切手ほどの大きさしかない断片を縫い合わせてある。手術のためにどれほどの技量と集中力が必要だったかは、ただ想像するしかない。精密な作業が何時間もつづいたことだろう。神経や筋肉をふたたびつなげるために。しかし、つながらなかったところもある。死んでしまった部分がある。それに、どの切手も端が複雑に裂け、縫合痕が盛りあがっている。どこに何がはまるか、当て推量をしたのだろう。小鼻は頰におかしな角度で縫いつけられている。アルミ箔のせいで、反対側とは比較できない。
サンダーソンは銃をことわった。ことばに出してではなく、組んでいた両手をほどいて手のひらを前に出すことで。かすかな震えをリーチャーは見てとった。ひどい震えではない。だが、まだ時間はそう経っていない。前に向きなおり、ブラモルに銃を差し出した。こちらにはこちらで別の問題がある。リーチャーよりルールが多く、イリノイ州から免許を発行されている。ブラモルは少し考えてから銃を受けとったが、上着のポケットではなくドアポケットにしまった。倫理的な妥協案か何からしい。

午前中が終わって昼食どきになるころ、スコーピオが裏口にはいっていくのをナカムラは見た。自分の車は交差点にちょうどいい角度をつけて停めてある。スコーピオはまたドアをあけたままにした。二、三センチだけ。きょうも気温は高い。傾いた電柱から垂れさがるもつれた電線の向こうに、雲ひとつない空が見える。電線は電力線と電話線で、太いものも細いものもある。古いものも新しいものも。やけに新しいものもある。インターネット用の光回線だろうか。

　ナカムラは電話を出して友人の番号を押した。

　そして言った。「また例の電波を探って。いまスコーピオが事務所にはいった」

　友人は言った。「精密科学のようにはやれないよ」

「この前はうまくやれた。新しいビリーの話が出たときは。その件でＤＥＡから依頼があったのよ」

「それはぼくも読んだ」

「その直後にもうひとつ要請があった。処方薬の件で。そういう品はＤＥＡがとっくに追跡しているはずなのに、妙な話よね。工場を出るトラックは記録されているし、行程もＧＰＳで記録されているし、送り状と支払いが一致するかも確認されている。それなのに、どこから横流しが？」

「それはきみの仕事だ。ぼくはしがない技術者でね」

「だからこそしょっちゅうあなたに連絡しているのよ。恥を掻きたくないから」

「今回はどんな突飛なことを思いついたんだい」

「工場のコンピュータ技術者なら、トラックを一台まるごと消せるはず。完全に消去できる。積み荷とＧＰＳの記録も消去できる。はじめからトラックが出発しなかったかのように装える。そのトラックがその日は店に置いてあったかのように。それか、駐車場に停めてあったかのように」

「それだとコンピュータ技術者が不正を働いていることになる。ぼくに訊くべきじゃないかもしれないな」

「実行可能なの？」ナカムラは訊いた。

「送り状も消さなければならないね。もともとの注文も。工場の生産記録も改竄《かいざん》しないと、出荷量より生産量が多くなってしまう。こうしたことを全部できれば、帳尻は合う。記録されていない余剰品が幽霊みたいにどこかを漂うことになる」

「そうしたことを全部できるの？」ナカムラは言った。

「もちろんできる」友人は言った。「コンピュータは指示されたとおりにする。結果はだれが指示したかに左右される」

「工場内部の人間でなかったらどう？　遠隔操作でも実行可能なの？」

「ハッカーのこと？　セキュリティを突破できれば可能さ。相手は製薬企業とＤＥＡだから、簡単にはいかないだろうけど。でも不可能じゃない。ソフトウェアはロシアから買える」

「どんな設備が必要になる？」

「最終的にはノートパソコンで事足りる。でもそこまでたどり着くためには、膨大な数値計算を高速でおこなわなきゃならない。たくさんのマシンを同時に動かすことになるだろうね。少なくともラックが二、三台は要る。自分専用のサーバーみたいなものさ」

「熱がすごそうね」

「ここでもエアコンをフル稼働させているよ」

「ありがとう」ナカムラは言った。

電話を切り、頭上の電線を見てから、少しあけたままのドアを見た。

ジョン・ディアの農業機械の販売代理店くらいしか見当たらないディファイアントという町のすぐ北で、ブラモルの携帯電話が鳴った。ブラモルはポケットを探って電話を出し、画面を確かめた。コルトを差し出されたときのように、リーチャーに電話を差し出す。

画面にはウェストポイント校長室と表示されていた。

リーチャーは言った。「どうして発信者名が表示されている？」

「登録しておいたのですよ」ブラモルは言った。「最初にかかってきたときに」

「ＦＢＩかたぎが抜けないんだな」リーチャーは言った。

そして電話に出た。

例の女だった。

女は言った。「リーチャー少佐をお願いします」

「リーチャーだ」

「シンプソン将軍におつなぎします」

校長が電話に出て言った。「少佐」

リーチャーは言った。「将軍」

「進捗状況は？」

「合流して車で移動中です」

「サンダーソンにきみの声は聞こえるか？」

「はっきりと」

「大丈夫そうか？」

「いまのところは」

「路肩爆弾の件はまだ調査中だ。ファイルはかなり厳重にロックされている。だが、ポーターフィールドについては新しい情報を得た。海兵隊のほうから。機密指定の低いコピーが迷い出ていた」

「どんな情報ですか」

「ポーターフィールドには逮捕状が出ていた。死亡した日の一週間前に発付されている」

「逮捕状を請求したのは？」

「国防情報局《DIA》だ」

「実物はご覧に？」

「むだだ。DIAはけっして理由を語らない」

「重大事件のにおいがしましたか？」

「DIAのすることだ。重大事件に決まっている」

「DIAに知り合いは？」

「それはやめておけ」シンプソンは言った。「わたしも引退後はレヴンワースではなくフロリダで過ごしたい」

「了解しました」リーチャーは言った。レヴンワースには軍事刑務所がある。「感謝します、将軍」

通話を切り、ブラモルに電話を返した。横を向いたとき、サンダーソンがフードの内側から見つめているのに気づいた。何かが起こっていると勘づいている。どんな情報ですか、といまリーチャーは尋ねた。サンダーソンは愚かではない。どんな情報が眠っているかを知っている。

リーチャーは何も言わなかった。

サンダーソンは言った。「あとで話しましょう」

そして目をそらして窓の外を眺めた。リーチャーは前を向いた。ブラモルは運転をつづけた。

42

一時間後、信号がひとつしかない町に寄り、遅い昼食をとった。シェルのガソリンスタンドとファミリーレストランがあった。リーチャーの見るかぎり、サンダーソンは外に残って、喫煙者用ベンチでやるべきことをやりたがっていた。それでも自分に鞭打《むちう》って店にはいり、真っ先に食事を行儀悪く掻きこむと、席を立って外に引き返した。

リーチャーはついていった。一メートル離れて隣にすわった。舗装された駐車場の、コンクリート製のベンチで。前回の相手とは一心同体の人物と。サンダーソンはあらかじめパッチから五ミリほど切りとってきつくまるめ、いつでも使えるようにしていた。大きさはガムの塊ほどだ。サンダーソンはそれを口に入れ、少し嚙み、少し吸った。そして首を鳴らしながら後ろに寄りかかり、空を見あげた。

それから言った。「まさか校長と電話で話すなんて」

リーチャーは言った。「だれかがやらないといけないからな」

「なんと言っていたの？」

「ポーターフィールドには逮捕状が出ていたそうだ」

サンダーソンは安堵《あんど》と満足の深いため息をついた。フェンタニルによるものだろう、とリーチャーは思った。恋人の死の思い出ではなく。

サンダーソンは言った。「逮捕状は容疑者が死亡すれば失効する。当然ね。だからこれはもうとっくに済んだことになっている。すべて忘れたほうがいい。あなたは忘れないでしょうけれど。いまでも警官のような考え方をすると妹が言っていたから。あなたはあきらめない。たぶん、わたしがサイを殺したと思っている。そう思われても仕方がない。一時期、わたしたちは同棲《どうせい》していた。統計データは嘘をつかない」

「きみが殺したのか？」

「ある意味では」

「どういう意味では？」

「知らないほうがいい。知ってしまったら、ほうっておけなくなる」

「あきらめない人間に言うべき台詞ではないぞ」

サンダーソンは答えなかった。ただ呼吸している。深く、長く、ゆっくりと、息を吸っては吐いている。すべて安泰であるかのように。リーチャーがかつて読んだ報告書によれば、これ以上の多幸感はないと使用者は断言するらしい。

サンダーソンは言った。「サイは性器を負傷したの」

リーチャーは言った。「気の毒に」

「負傷したい場所じゃない」サンダーソンは言った。「というより、顔の醜い傷に次いで恐れられていた。でも、医師がもとどおりに縫い合わせた。おかげで、正常に機能した。セックスもできた。ただし、縫合痕のひとつから決まって血が漏れた。特定の条件下で。ひどいありさまになることもあった」

リーチャーは何も言わなかった。

「血圧の上昇が関係しているのでしょうね」サンダーソンは言った。

「そうだろうな」リーチャーは言った。

「サイは感染症も患っていた。負傷したその日から。軍服のズボンが不潔だったのよ。カリフォルニアを出てから毎日穿いていたせいで。弾は汚い布の切れ端を体の奥深くにめりこませた。よくあることだった。黴菌が根をおろしたら、もう取り除けない。きっと黴菌は人間より賢いのよ」

「十四年前の話だな」

「サイも最初は医師に診てもらっていた。でも病院を好きになれなかった。結局、自分で自分の面倒を見ることにした」

「きみと同じように」リーチャーは言った。

「サイとわたしの状態は似ていた」サンダーソンは言った。「サイは手ほどきしてくれた。何もかも手ほどきしてくれた。死の入口も見せてくれた。漏れやすい縫合痕は同じくらい裂けやすいとも医師は言っていた。毎晩、失血死の可能性が付きまとった。受け入れられるようになったとサイは言っていた。そして愛せるようになったと。わたしもやがてそんなふうに考えられるようになった。そう言っていい」

「興味深い生き方に聞こえる」

「わたしといっしょにいると安心できるとサイは言っていた。でも、わたしにはその理由がよくわからなかった。わたしがいい人だから安心できるとサイは思っていたの？　それとも、わたしのほうがずっと醜いのに気にかけてやっているのだから、貸しがあるとでも思っていたの？　そんなふうに考えてもらいたくなかった。自分までそんなふうに考えなくてはならなくなるから。特別扱いを求めていると認めなくてはならなくなるから。特別扱いを受け入れたことは一度もなかったのに。なぜいまさら求めなければならないの？」

リーチャーは答えなかった。サンダーソンは長いこと黙っていた。またため息をつく。純粋な満足が低い振動となって伝わってくる。サンダーソンは両腕を伸ばしてベンチの背もたれに乗せた。右手がリーチャーの肩の近くに来る。サンダーソンは後ろに寄りかかって空を見あげた。

そして言った。「女の顔はどれくらい重要？」

「わたしにとって？」

「たとえばの話よ」

「少しだと思う。だが、わたしにとって大事なのは目だな。だれかが家にいるのか、それともいないのか。そのドアをノックしたいのか、それともしたくないのかが決まる」

サンダーソンは上半身を起こし、ベンチにすわったまま横を向いた。正面からリーチャーと顔を向かい合わせる。それから銀のトラックスーツのファスナーを七、八センチおろし、フードをゆっくりと後ろにずらして脱いだ。髪の毛がこぼれ、下と前に垂れる。妹の髪に似ているが、もっと短い。白髪も多いかもしれない。しかし、同じように流れ落ち、同じように顔を縁どっている。

サンダーソンの目は緑色で、熱っぽく潤み、恍惚《こうこつ》とした満足感をたたえている。森の小川の面にきらめく日の光のように、静かに輝いている。そして自虐的な喜びを宿している。リーチャーを、自分を、全世界を嘲笑している。

リーチャーは言った。「われわれの階級は同じだから、こう言ってもかまわないだろう。合格点だ。わたしならきみのドアをノックするよ」

「おやさしいこと」

「本気だ。ポーターフィールドも本気だったはずだ。ポーターフィールドだけとはかぎらない。反応は人によってちがう」

サンダーソンはフードをもとに戻し、髪を押しこんだ。

リーチャーは言った。「点滴を打つべきだ。アルミ箔のせいで恐ろしげに見える」

「まずは今晩をしのがないと」

「コネリー保安官は箱にはいった一万ドルを見つけたらしいが」

「サイは銀行を信用していなかった。現金のほうを好んだ。箱にはいっていたのが有り金のすべてよ。残りはわたしが派兵されていたころに銀行のせいで失ったみたい。だから銀行を信用していなかったのかも」

「一万ドルあればどれくらいもった？」

サンダーソンはまた深い満足のため息をついた。

「長くはもたなかったでしょうね」と言った。「あんな使い方をしていたら。それに、食べ物も買わなければならなかった。屋根の修理人にも延々と金を払いつづけていたし」

「ポーターフィールドが死んだあと、どうして妹さんに連絡するのをやめた？」

「簡単な話よ」サンダーソンは言った。「落ちぶれた暮らしを送っていたから。電話は売り払うしかなかった」

「ポーターフィールドの家に押し入ったのはDIAだな？」

サンダーソンはうなずいた。「DIAはパーティーに遅れた。着いたころにはサーカスは終わっていた。それでも、望みのものを手に入れた」

「それは？」

サンダーソンは答えなかった。その件はどうでもいいかのように、手を振ってはぐらかした。

ナカムラの携帯電話が鳴った。コンピュータ犯罪班の友人からだ。技術者は言った。「スコーピオが電話をかけている。少なくとも、スコーピオのものと思われる番号から。通信量は三日前と同じくらい。また同じ番号にかけているよ。新しいビリーの件で、テキストメッセージを送ってきた番号に」

ナカムラは言った。「スコーピオはまだ事務所にいる」

「スコーピオは遠隔操作をしている。ここの少し北で何かをやらせている。テキストメッセージを送ってきた男は現場担当だと思う」

「スコーピオのコンピュータ回線に接続できる？」

「もう接続している。それをインターネットと呼ぶんだよ。でも、ファイアウォールがある。ハッキングできるけど、何日もかかる」

ナカムラは言った。「工場を離れない幽霊トラックの運転手はスコーピオの手下だとしか考えられない。実際には、そのトラックは工場を離れている。運転手は行き先を知っているはず」

友人は言った。「出勤簿についても抜かりはないのかな。運転手の労働時間と走行距離も改竄する必要があるはずだ。それが足がかりになるかもしれない」

「出勤簿なんて入手していない」

「だったら打てる手は何もないよ」

「あるかもしれない。記録やコンピュータはこの犯罪の半分しか占めていない。もう半分には本物の現実がある。本物のトラックが、実体のある商品を積んで、現実の道を走っている。どの道を使ってここへ向かう？」

「どこから？」

「たぶんニュージャージーから」

「I-九〇号線だね」

「そしてテキストメッセージを送ってきたここの少し北には何がある？」

「I-九〇号線だね」

「どこで停まる？」

「候補はいろいろある。出口から十五キロ行ったところにぽつんと建つガソリンスタンドとか。シャッター付きの空き倉庫がたくさんあるどこかの工業団地とか」

ナカムラは言った。「今夜もスコーピオは事務所を離れないわよね？」

「離れたことは一度もない」友人は言った。「家に帰るとき以外は」

「よし、これからハイウェイのほうへ行って調べてくる」

電話を切り、エンジンをかけた。


もうニューヨークからボストンまでくらいは走っていたが、まだワイオミングを出られず、やっと道半ばというところだった。大型のトヨタ車は走りつづけた。後部座席のマッケンジーとサンダーソンはささやき声で話し合っている。文が完結していない速記法に近く、これも双子の習性にちがいないとリーチャーは思った。サンダーソンは一時間の大半を上機嫌に過ごしていた。が、やがて元気を失いはじめた。急激に。内面の苦しい戦いに備えるかのように、自分の殻に閉じこもっている。体がこわばり、落ち着きがない様子だ。窓の外を見つめている。新しい目安を決めたのかもしれない。ハイウェイのときとはちがう目安を。プロングホーンの群れを三つ見るまではとか、ミュールジカの群れをふたつ見るまではとか、壊れた防雪柵を見つけるまではとか。

ナカムラは町の北の四車線道路に車を走らせ、ファミリーレストランの〈クリンガーズ〉の前を通り過ぎた。仕事でこちらのほうに来た際にときどき寄っている店だ。そのまま走りつづけ、I－九〇号線の流入ランプの手前の人けのない数キロを進みながら、何かないかと左右に目を走らせた。たいしてなかった。むしろ、幽霊トラックの運転手の立場から見れば、何もなさすぎる。幽霊トラックは盗難車でこそないが、お尋ね者と変わらない。言い換えれば、ここを走っていないはずの、存在しないはずの車だ。運転手は重圧にさらされる。注意を引くのは避けなければならない。速度違反切符を切られてはならないし、不審な運転をしてはならないし、監視カメラに映ってはならないし、とにかく目立ってはならない。ハイウェイの南側は都合が悪い。ここには来そうにない。

ハイウェイの北側はもっとまずい。高架橋をくぐった先は何もない。遮蔽物も、隠れ場所もない。ほとんどが開けた草原だ。平坦な土地で、遠くの地平線まで見渡せる。十分走って、路肩に車を停めた。その先も何もない。

ハイウェイの南側は都合が悪い。

ハイウェイの北側も都合が悪い。

ならば運転手はハイウェイにとどまる。とどまるしかない。ほかに選択肢はない。ハイウェイからはおりない。十キロ東にサービスエリアがある。大きな施設だ。前に行ったことがある。レストランに、ガソリンスタンドに、州警察の建物に、ハイウェイ管理事務所があり、奥にモーテルもある。人目につかない場所や死角はいくらでもある。

排水溝から排水溝まで車をUターンさせ、ハイウェイのほうへ戻った。流入ランプに進み、アクセルペダルを踏みこんだ。

洗車場の隣にテーブル席がふたつだけのコーヒーショップを併設したガソリンスタンドで、ふたたび車を停めた。マッケンジーはトイレを使った。サンダーソンは新しい五ミリを使った。一方からは無鉛ガソリンのにおいが、もう一方からはカーシャンプーのにおいが漂ってくる外のベンチにすわって、持ち帰り用のカップからコーヒーを大事そうに飲んでいる。リーチャーが車をおりると、サンダーソンは一メートルの間隔付きで場所を提供するかのように、腰を滑らせた。

招かれている。

リーチャーは腰をおろした。

そして言った。「大丈夫か？」

「いまは」サンダーソンは言った。

「死の入口について教えてくれ」

サンダーソンは長いこと無言になった。

それから言った。「使っていると耐性ができてくる。同じ状態になるだけでも、量をつぎつぎに増やさなければならなくなる。じきに致死量とされる量を使うようになる。まっとうな人間なら鼻から吸っただけで確実に死ぬほどの量を。それでももっとほしくなる。致死量よりまぎれもなく多い量を使うようになる。あなたならつぎの段階に進む勇気はある？」

「きみはあったのか？」

「派兵されていたときと同じ気分だった。乗りきるための唯一の方法はけっして退かないこと。つねに進みつづけること。つねに挑むこと。見くだしてやらなければならない。これで打ち止めか、とでも言うように。だからそう、わたしはつぎの段階に進んだ。そのつぎの段階にも」

サンダーソンはため息をついた。新しい五ミリが効きはじめている。

そして言った。「それがつぎの段階に進んだときのうれしいところなのよ。いつだってつぎの段階があることが」

リーチャーは言った。「論理的には、いずれ最後の段階を迎える」

サンダーソンは答えなかった。

リーチャーは言った。「ポーターフィールドは仕事は何をしていた？」

「屋根職人が言わなかったの？」

「四六時中電話をしていたと屋根職人は言っていた。車の走行距離が多かったとコネリー保安官は言っていた」

「サイは傷痍軍人だった。働いていなかった」

「それならほかのことで時間を潰していたようだな。趣味でもあったのか？」

「どうしてサイのことをそれほど気にするのかしら」

「ただの職業病だ。ほかの場所で殺されて森に捨てられたのか、それとも熊に食われたのか。熊に食われたという可能性が現実にありえる状況をわたしは知らない」

「第三の可能性もある」

「わかっている。そしてきみが現場にいたこともわかっている。きみがそう言った」

サンダーソンはふたたび無言になった。

「取引をしましょう」やがて言った。「今夜が首尾よくいったら話す」

「分が悪いな」リーチャーは言った。「厳しそうだ。話にはそれだけの価値があるのか？」

「胸が躍る話ではないわね」サンダーソンは言った。「悲しい話よ」

「それなら、賞品をもっと増やさないと。きみの話も聞きたい」

「路肩爆弾のこと？　妹からあなたの仮説を聞いた。作戦は失敗に終わり、アメリカ人に多数の死傷者が出たという説を」

「それは最悪の場合だ」リーチャーは言った。

サンダーソンはふたたびため息をついた。長く、強く、深く、満足げに。

猫が喉を鳴らすように。

そして言った。「最悪どころではなかった。大惨事だった。でも、わたしの作戦ではなかった。わたしは代理で支援作戦をおこなっていたのだけれど、作戦全体ははるかに大がかりなものだった。上層部が立案したのよ。そこは丘陵地帯の小さな町で、壁をめぐらしてはいなかったけれども防備は堅かった。道は曲がりながら右から町にはいって、左から出ていた。かいつまんで言うと、町を占領する必要があった。でも、むやみに市民を傷つけることなく実行しなければならないとインテリたちはのたまった。当時、そういう指示は空爆が許可されないことを意味していた。だからわたしたちは、左右から同時に機械化歩兵が接近する計画を立てた。敵もそれは予想していて、防衛されるだろうから、インテリがお利口な分析をしてくれた。でも、同じインテリたちは、中間にある開けた丘の斜面を第三の部隊がのぼれば、町の中央に出ることができ、左右の防衛線を分断できると」

リーチャーは言った。「地形は悪かったのか？」

「だれもがまずそれを気にした。観測拠点が必要になるたぐいの場所だった。インテリたちは丘全体を一望できる地点を見つけ出した。それだけの高地を見渡すためにはそこしかないと言って。そこはかなり位置が限定されていた。でもインテリたちは、ロケットランチャー《RPG》の射程外だから心配ないと言った。だからわたしたちはそこへ行った。まさにその場所に犬の死体があった。三名が死亡し、十一名が負傷した」

「きみの部下に死傷者が出たのか？」

「幸い、出なかった。上官ばかりだった。部下が死傷したのとはちがう。でもそれが問題だった。だからファイルはロックされたのよ。大物が何人かやられたせいで。情報部の失策だった。情報量が敵より少なかった。またしても敵を見くびった。こちらがどんな攻撃計画を立てるか、どこで計画を練るか、計画を実行するためにいつそこへ行くかまで、敵は正確に予想していた。一日前後のずれはあったかもしれないけれど。とにかく、死後四日経った犬が敵は大のお気に入りで、わたしたちはそれを食らった。審判がいたら敵の完封勝ちと言うでしょうね。わたしたちは十四名の被害を出した。敵がそのために費やしたのは携帯電話が一台とだれかの犬が一匹だけ」

「そうだったのか」リーチャーは言った。

「わたしが部下を死なせたのではないかと心配していたのね」

「死なせていたら苦しんでいるだろうと思った」

「死なせていたらここにいない」サンダーソンは言った。「耐えきれなかった」

そのときマッケンジーがブラモルを連れて店から出てきて、ふたりして出発しようという身ぶりをしたので、サンダーソンは立ちあがり、リーチャーもあとについて車に戻った。

日が沈みかけたころ、ラピッドシティの南のはずれに着いた。

43

暗くなった町を南から北へ突っ切った。リーチャーはいくつかのものに見覚えがあった。チェーンホテルが建つ通りや、終日営業の中華料理店だ。その店の前で、スコーピオの手下が運転する古びたリンカーンに乗せられた。トヨタ車は走りつづけて町の反対側に出た。ブラモルが電話で聞いた話だと、そこから四車線道路を進めばダイナーの〈クリンガーズ〉があるはずだった。そしてそのとおりになった。〈クリンガーズ〉は実際にはファミリーレストランに近く、明るく照らし出され、広く暗い駐車場の上に浮かんでいた。なぜかわびしくもあり華やかでもあった。

夕食どきを過ぎていたので、四人は店にはいって食事をした。食べられるときに食べておけ、とリーチャーは言った。つぎの機会がいつ訪れるかはわからないのだから。サンダーソンもその考え方を支持した。ブラモルは小柄なわりにいつも腹を空かせていた。マッケンジーはあまり食欲がないと言ったが、結局は注文した。食べ終えると、おいしかったと言った。リーチャーも同意見だった。

車で二十分ほどのところにエクソンのガソリンスタンドがないかとウェイトレスに尋ねた。女は顔をしかめ、答を知っていて、喉まで出かかっているという表情になった。つづいて、前は知っていたのにいまは知らないという表情になった。あまりにもありふれた問いなので、答が見つからないかのように。

そして思いついた。

「ハイウェイのガソリンスタンドがエクソンよ」ウェイトレスは言った。「サービスエリアにある」

四人は車に戻り、ブラモルがカーナビゲーションの画面を見た。最寄りのサービスエリアは、最寄りの流入ランプの十キロ東にある。電子の脳はそこまで二十分だとはじき出した。製薬工場の大半はニュージャージー州にあるとブラモルは言った。つまりトラックは西へ向かう。I‐九〇号線のサービスエリアに秘密の倉庫があれば非常に都合がいい。昼夜を問わず、商品をいくらでも仕入れることができる。同じく昼夜を問わず、やってくる者をいくらでも招き入れることができる。

「ところが、実際にはそうしていない」リーチャーは言った。「夜の十二時まで待たされるとスタックリーは言っていた。倉庫のまるで反対に思える。いつでも取っていけるように商品が保管されているわけではない。まったく逆だ。並んで商品が届くのを待つ。夜の十二時に届くのだろう。だから確かにサービスエリアは最適な場所だ。

もっとも、あくまでも合流地点や集結地点として使われていて、流動性が高い。西行きの怪しげなトラックが到着すると、六人から十人ばかりのビリーやスタックリーのような男たちが自分の車に商品を積みこんで出ていく。実に手際よくおこなわれるにちがいない。それはI‐九〇号線のサービスエリアのど真ん中にあるが、見た目は倉庫で、スペースの半分には除雪車が並んでいる。ボイスメールによると、そこを自由に使っているらしい。事実だろう。いまは夏だからな」

ブラモルは言った。「つまりスタックリーは、〈クリンガーズ〉で夕食をとったあと、車を二十分走らせてそのサービスエリアへ行き、ガソリンを入れたうえで、どこかの角をまわって百メートルほど進み、夜の十二時まで待ったということになりますな。となれば、どこの角かを突き止めるだけでいい。むずかしくはなさそうです。サービスエリアは果てしなく広いわけではない。除雪車の保管場所へ通じる側道を探しましょう。たくさんあるとは思えません」

「いつもこれくらい簡単なのですか？」マッケンジーは言った。

「ミスター・ブラモルが簡単そうに話しているだけだ」リーチャーは言った。

サンダーソンは何も言わなかった。歩兵だからだ。インテリとそのよく練られた計画がどういうものか知っている。

ブラモルはエンジンをかけ、夜の闇に包まれた四車線道路を北進し、ハイウェイのランプに着くと、右に曲がって東のサービスエリアをめざした。ほんの六分で行けると電子機器は教えていた。

電子機器は正しかった。ちょうど六分後、ブラモルは交通の要所に造られた巨大な施設に車を滑りこませた。東行きの車線と西行きの車線がまわりを囲み、草原に直径一キロ半ほどの円を描いている。まるで町そのものだ。広々としたエクソンのガソリンスタンドが照らし出され、ファストフード店のネオンサインが半ダースも輝き、ハイウェイパトロールの建物や、チェーンモーテルや、トラックスケールを備えたハイウェイ管理事務所もある。

ないのは除雪車だった。少なくともすぐに見えるところにはない。サンダーソンのフードの内側から、歩兵らしい疑《うたぐ》り深い態度が生々しくリーチャーに伝わってきた。マッケンジーは落胆した様子だ。つまるところ、それほど簡単ではないのかもしれない。

もう一周してみた。そしてこの施設内には除雪車は保管されていないと確信した。スペースの半分に冬用装備が詰まった屋内駐車場に通じる側道はない。

そこから当然の疑問が生じた。ここでないのなら、どこなのか。冬用装備はどこかに保管されていなければおかしい。しかも大量に。サウスダコタでは冬は重大な問題だ。あまりに重大なので、完全に独立した保管庫があるのかもしれないとマッケンジーは言った。西部を知っている者ならではの意見だった。

だとしても、その保管庫はどこにあるのか。だれに訊けばいいのか。奇異に思われるだろう。州が除雪車をどこに保管しているか知っていますか、などと尋ねたら。だれも知るまい。ほとんどの人は、ここの下院議員の名前を知っているかと訊かれたときのように、目立ちたがりが政治活動でもやっているか、主張したいことでもあるか、無知を暴きたいのだと受け止めるだろう。答を知っていそうなひと握りの人は、どこかほかの場所にいる。州が除雪車を保管している場所に。

リーチャーは言った。「スタックリーは十一時二十三分にガソリン代を前払いした。ちょうどここ、いまわれわれがいる場所のすぐ近くで。レジから歩いて戻って用意をするまでに二分かかったとしてみよう。十一時二十五分にガソリンを入れはじめたことになる。四十ドルぶんを入れるのにどれくらいかかる？」

マッケンジーが言った。「このあたりだと大きなタンクでも満タンにできます」

「それなら数分はかかるな。道に戻るころには、十一時三十分をかなり過ぎていた可能性がある。しかし、スタックリーは新顔だ。しくじりたくない。充分な余裕を持っておきたい。行き先はすぐ近くだったにちがいない。遠くても文字どおり車で三分のところだ。スタックリーは確実に時間どおりに着きたかった。あるいは時間前に。焦りたくなかった」

「ここから三分のところに何が？」

「独立した保管庫があると思う。除雪車用の。交通の便はよく、東西のどちら側からでも行ける。ここの近辺の、東行きの車線と西行きの車線がまた間隔を狭める手前にある。すぐ隣にあるかもしれない。だだっ広いだけの空間に打ちこまれた楔《くさび》のようなものだ。目立たない小さな流出ランプのそばに、管理関係者以外立入禁止と書かれた標識が立っているかもしれない。四方は森に囲まれている。そんなものにはだれも注目しない」

「それだと、東西のどちらにあってもおかしくありません。どちら側にも楔を打ちこめる空間はあるはずです。もう通り過ぎてしまったかもしれない。どちらへ行けばいいのかわかりません」

「まだ通り過ぎていない」サンダーソンが言った。「目立たない小さなランプはなかった。わたしはそういうものにめざといのよ。つまり、いまわたしたちはこの道に閉じこめられている。とはいえ、敵も前方での待ち伏せを強化できない。だから差し引きしてわたしは安心している。後ろに乗っている銃手もしばらくはくつろげる。あなたの読みが合っていて、独立した保管庫があるのなら、それは必ずここの東にある。そしてリーチャーの読みが合っていて、スタックリーが心配性だったのなら、それは必ずここの近くにある。ただちにハイウェイに戻って走り去れるほど近くに。リーチャーの読みがはずれていて、スタックリーが心配性でなかったのなら、もっと遠くにあるかもしれない。それでも、遠くても二十キロから三十キロ以内にある。冷静沈着な男だったとしても、遅くとも十二時までには着いていなければならないのだから。そして時速百五十キロで駆けつけるわけにはいかない。そんな危険は冒せない。人目についてはいけないのだから。そういうわけで、わたしなら東を偵察する。何も見つからなくても、戻ってもう一度考える時間はまだある」

ブラモルは振り返ってマッケンジーを見た。

雇い主を。

「やってみますか？」と訊く。

「ええ」マッケンジーは言った。

高い柱に取り付けられたナトリウム灯の光を浴びながら、ブラモルは駐車場を一周し、走行車線に戻る道を探した。リーチャーは薄い青の車が逆向きに一周しているのを視界の隅にとらえた気がした。国産車だ。たぶんシボレー。高級車にはほど遠い。平凡な仕様。

見返した。

車は視界から消えていた。

ブラモルは出口を見つけ、東のスーフォールズ方面の矢印をたどった。良識あるドライバーらしく、前方の路面を見つめている。サンダーソンとマッケンジーとリーチャーはそろって左の路肩を見つめた。東行きの車線と西行きの車線の間隔がせばまっていく。

どうやらスタックリーは確かに心配性だったが、リーチャーが考えていたほど心配性ではなかったらしい。それが見つかったのは三分以上経ってからだった。四分半に近い。目立たない流出ランプがあった。〝関係者以外立入禁止〟と記された小さなありふれた標識も。

「行くな」リーチャーは言った。「まだだめだ。もっとましな計画を先に立てておく必要がある」

44

グロリア・ナカムラはサービスエリアの隅から隅まで車を走らせた。夜の帳《とばり》がおりているが、施設は煌々《こうこう》と照らし出されている。幽霊トラックが到着するところを想像してみた。セミトレーラーではないだろう。十八輪トレーラーでもないはずだ。ただのパネルバンで、家族経営の薬局や郊外のクリニックから小口の注文を受けて商品を運んでいる。フォード・エコノラインのような車だ。色はおそらく白。健康や清潔、消毒薬品の衛生性を表現するために光沢のある仕上げになっている。たぶんさわやかな商品名が草色や空色の親しみやすいフォントで記されている。

どこに停めるだろうか。

州警察の建物の近くでないことは言うまでもない。ガソリンスタンドの近くでもない。たとえ暗くても停めない。料金を踏み倒された場合に備え、石油会社はカメラを設置している。入口や出口の近くにも停めないだろう。ハイウェイ管理事務所も、車の流れを観察するためにカメラを設置しているからだ。幽霊トラックがカメラに映ってはまずい。会社のコンピュータ上ではニュージャージーの工場の駐車場で待機しているはずなのに、サウスダコタでカメラに映ってはまずい。休憩所とファストフードのチェーン店が共用している広い駐車場がある。明るく照らし出されているが、ここにもカメラが設置されている。法的責任がらみだ、とナカムラは推測した。フェンダーが曲がったのをバーガーショップのせいにする客がいるかもしれない。保険の関係で必要なのだろう。

トラックスケールの近くにハイウェイ管理事務所がある。褐色の煉瓦で造られ、窓の枠は金属製だ。閉ざされていて暗い。だが、開けた一角にある。目立ちすぎる。パネルバンがバックドアをあけ、もっと小さい何台かの車に補給する場面を想像した。不安げなドライバーたちが待っている。ピックアップトラックやSUVや古いセダンに乗った、ビリーや、新しいビリーや、ビリーもどきたちが、商品を積んで走り去ろうとしている。

どこでやるだろうか。

どこでもやらない。このサービスエリアは都合が悪い。

駐車場をもう一周した。黒のSUVが逆向きに一周しているのを視界の隅にとらえた。青いナンバープレートだ。たぶんイリノイ州。見返したが、車は視界から消えていた。

ブラモルは一キロ半先の暗い路肩に車を停めた。東行きの車線と西行きの車線がふたたび一本にまとまり、草を植えた通常の中央分離帯をはさんでいる。ここなら安全だ。州警察が来ても、エンジン警告灯が点灯したからだとか、タイヤの調子がおかしいからだとか言いわけできる。車通りは多くない。一台ずつ走り去っていく。セミトレーラーがエンジン音と風切り音を轟かせながら追い抜いた。トヨタ車はサスペンションの上で揺られた。

リーチャーは言った。「つぎの出口までどれくらいある？」

ブラモルは画面を確かめた。

「五十キロほどです」と答える。

「ガソリンのむだだな。中央分離帯をまたいでUターンしてくれ。ローズとわたしは保管庫のランプでおりる。あんたとミセス・マッケンジーはサービスエリアに車を停めて、西から森の中を歩いて戻ってくれ。現地で落ち合おう。われわれは周囲の様子を見て、方法を考える」

「わたしを同行させる気なの？」サンダーソンが言った。

「いけないか？」

「無理よ」サンダーソンは言った。「気分があまりよくない」

「それは治せるはずだ」

「無理よ」サンダーソンは繰り返した。「もうひと切れしか残っていない」

「もうすぐ追加できる」

「それはまだわからない」

「いずれは最後のひと切れを使わなければならなくなる」

「まだ残っていると知っていれば安心できるのよ」

「しっかりしろ、少佐。きみが必要だ。万全な状態で十二時を迎えてくれないと困る。どのタイミングで使うかはきみに任せる」

車内は静まり返った。

やがてマッケンジーが言った。「行きましょう」


ブラモルはどちらの側にもヘッドライトが見えなくなるまで待った。ハンドルを切り、三車線を突っ切る。中央分離帯に乗ると車体が沈んだ。幅広の排水溝のように真ん中がくぼんでいる。雪解け水を流すのだろう、とリーチャーは思った。除雪車には雪を捨てる場所が要る。トヨタ車は手前の斜面をくだって奥の斜面をのぼり、揺れながら西行きの車線に出ると、ハンドルを切って速度をあげ、来たほうへ戻りはじめた。これでニュージャージーから西へ向かうトラックがあとで通る道を進んでいることになる。トラックはもう走っている。何時間も前から。背後にいて、そろそろスーフォールズを過ぎたころだろう。リーチャーも仮眠スペースを備えた巨大な赤いトラックでその長旅をこなした。高齢の運転手に乗せてもらって。〝おれの女房なら、おまえさんは何かに罪悪感を覚えてるんだと言うだろうな。女房は読書家なんだ。物事を深く考えるたちでね〟。トラックがあとで見るものを四人は見ていた。見るものなどたいしてなかったが、一キロ半走ったところで左側のヘッドライトの光が、目立たない流出ランプと、〝関係者以外立入禁止〟と記された標識をかろうじてとらえた。

ブラモルは百メートル先の路肩に車を停めた。リーチャーは車をおり、後部左側のドアへまわりこんだ。サンダーソンが出てくる。ブーツ、ジーンズ、首までファスナーを閉めた銀の上着といういでたちで。ただし、いまはフードの縁を後ろに折り返している。周辺視野を確保し、状況を把握するためだ。行動の準備はできている。頬骨より前の顔をさらしている。右側にはアルミ箔、左側には傷跡。口は歪んでいる。片方の眉は半分しかなく、そのこれといった理由は見当たらないが、眉でないものに縫いつけられているのは確かだ。

「暗いわね」サンダーソンは言った。「都合がいい」

ブラモルは走り去った。

ふたりは路肩で待った。車は来ない。サンダーソンはしきりに噛んでいる。ガムではない、とリーチャーは思った。最後の五ミリだ。その半分かもしれない。ふたつに裂いて小分けにしようと思えばできる。〝どのタイミングで使うかはきみに任せる〟。わかってやっているのだといいが、と思った。いままでとは勝手がちがう。サンダーソンは冷静ではない。最後の五ミリになってしまったらそれどころではないだろう。冷静でいられるわけがない。空中ブランコから手を放してだれもいないほうへ飛び、落ちる前にだれかが駆けつけて受け止めてくれるのを願うようなものだ。これぞ不安感の新たな至適基準《ゴールド・スタンダード》かもしれない。ポケットが空の依存症患者。奈落の上にぶさがっている。予備はひとつもない。

百メートル引き返し、標識の向かいで足を止めた。〝関係者以外立入禁止〟。車通りはない。

リーチャーは言った。「準備はいいか？」

走って車線を横切り、標識の脇を抜けてランプにはいった。いったん立ち止まって息を整え、前方に目を走らせる。頑丈なトラック向けの、頑丈に設計された道路だ。先が闇に溶けこむほど長く延びている。左右には木々が植えられ、見てくれよくしてあるが、しょせんは産業道路だ。

サンダーソンが言った。「懐中電灯は持っている？」

リーチャーは言った。「いや」

「ミスター・ブラモルに言えば貸してくれたのに。きっといくつも用意してあったはず」

「ミスター・ブラモルを気に入っているのか？」

「妹は適切な選択をしたと思う」

ふたりは暗がりの中を歩きはじめた。充分な月明かりがあったし、ときどき遠くから差しこむヘッドライトの光がカメラのストロボさながらに周囲を照らし出したので、いまどのあたりにいるかがわかり、迷子にならずに済んだ。ランプは全長一キロほどで、その先に大きな装備でも収納できるほど広く、車が出入りできる駐車場があった。ふたりは森の中にとどまって観察した。左右に流入ランプと流出ランプが一本ずつ、合わせて四本の道路があり、長い脚が四本ある痩せた虫を思わせる。道路は四本とも駐車場で合流していて、建物の左右に扉がある。ふたつとも閉ざされている。人影はない。車も。音もしない。いかにも夏の終わりの、除雪車の保管庫らしく。

無人だ。

「現在時刻は？」サンダーソンが尋ねた。

「十時だ」リーチャーは言った。「あと二時間」

「うまくいくの？」

「見たところ場所は合っている。ボイスメールのとおりだ。屋内駐車場に通じる側道がある」

「そのボイスメールは古い。今夜は別の場所を用意しているかもしれない」

「これくらい都合のいい場所を？　考えにくいな。ここは純金並みの価値がある」

「人の気配がない」

「確かにいまはまだない。そこが重要な点だと思う。出入りは迅速におこなわれる。ここはまったく人目につかない。こんな場所にだれが注目する？　だれかがここまで来ても気づかれない」

リーチャーは振り返って後ろを見た。ニュージャージーを出たトラックは東から来て、いま歩いてきた道を通る。そして荷台を空にしたら、帰るために駐車場の周囲をまわって引き返す。密売人たちはどちらへ向かってもおかしくない。スタックリーなら西へ向かうだろう。ここは秘密の会合地点であり、すべてを兼ね備えている隠れたインターチェンジだ。純金並みの価値がある。

ブラモルとマッケンジーが森を抜けてきそうな場所へ移動すると、ちょうどそのふたりが着いた。四人はふたたび合流した。

マッケンジーは言った。「段どりを把握していないのはわたしだけかしら」

サンダーソンは言った。「作戦を立てるのなら、最も妥当な計画は近づいてくる車を側道の途中で奇襲すること。車がハイウェイからおりたあと、駐車場に着く前に。

作戦はひとつで済むし、発砲も一度以下、敵の死者も一名以下で済む。戦力を集中できて効率がいい」

「どうやって車を奇襲するの？」

「奇襲すべきだとはかぎらない」

「意味がわからないわ」

リーチャーは言った。「どんな車が来るかははっきりしない。とはいえ、工場の門を出てくるのだから、おそらく製薬企業の社用トラックだろう。少年探偵は製薬企業側とこの件について話し合ったはずだ。いくつも会議が開かれ、いくつも業務通信がやりとりされている。トラックの荷台は施錠されている可能性が高い。解錠できるのは運転手だけかもしれない。ダイヤル錠や特殊な鍵が使われているかもしれない。きみのお姉さんは運転手を痛めつけて解錠させせなければならなくなる危険を冒したくないのさ」

「あなたはその危険を冒す気なの？」

「運転手は不正な配達と引き換えにすでに金をもらっているはずだ。つまり交渉の余地がある。公正な取引は強奪にあらず」

「では、どうするのです？」

ブラモルは言った。「ここに集まる密売人は十人から十二人というところでしょう。密売人から商品を手に入れるためには、ひとりずつ全員から強奪しなければならない。密売人がここから出ていくときに。駐車場の精算機のように。強奪を十二回連続です。一分間隔くらいで。できるとは思えませんな。選択の余地はない」

「ローズ？」

「いま言ったように、奇襲は運に左右される。荷台が施錠されていないのを祈るしかない」

「第三の方法がある」リーチャーは言った。「折衷案だ」

45

選択肢が尽きたので、ナカムラは休憩所に戻った。この場所も不向きだが、ほかの場所よりはましかもしれない。白く輝くパネルバンを想像した。ビジネスをおこなうのなら、どこに停める？　なるべく奥まったところに停めるのはまちがいない。つまり駐車場の端のどこかだ。深夜だと空いている枠は多い。ふつうは建物のなるべく近くに停めたがる。当たり前だ。なぜよけいに歩かなければならない？

薄い青の車をゆっくりと巡回させた。読みどおりだ。駐車場の西端はまったく車が停まっていない。空いた枠ばかりが並んでいる。東端には一台だけ停まっていた。フロントグリルを木々にかなり寄せて駐車している。

黒のSUVで、青いナンバープレートを付けている。

イリノイ州の車だ。

ナカムラは電話をかけた。

相手に言った。「州外のナンバープレートを照会したい」

騒々しい空電音と、どうぞということばが返ってきた。

番号を読みあげた。電話を耳にあてたまま、黒のSUVの隣に停車する。トヨタ車だ。車をおりて観察した。埃に覆われている。西で何キロか走ったのだろう。窓の位置が高いのに自分の背は低いから、車内は見にくい。だが、旅行中のようだ。トランクにバッグが積まれている。それにしても、どうしてこんなところに停めたのか。前の木々を眺め、この中を歩いていったのだろうと結論した。でもなんのために？違法行為は駐車場の端でも充分安全におこなえる。森の中に隠れるまでもない。向こう側には何もなく、木々がしだいにまばらになって通常の中央分離帯に戻るだけだ。そこからつぎのサービスエリアまで、草を踏み締めながら歩こうと思えば歩ける。いや、ハイウェイ管理事務所の保管庫が途中にあったのだったか。よく覚えていない。どこかにひとつあった。ろくに注意を向けないたぐいの施設だ。

耳に空電音が響き、電話から声がした。

「イリノイ州の自動車局によれば、そのナンバーは黒のトヨタ・ランドクルーザーで、登録されている所有者はテレンス・ブラモル、住所はシカゴの勤務先の所番地が使われています。職業は私立探偵となっています」

サンダーソンが待機地点へ向かい、リーチャーも同行した。まだ嚙んでいるかを知りたかった。あるいはもう嚙んでいないかを。それがいいことなのか悪いことなのかはともかく。サンダーソンはまだ嚙んでいた。大丈夫そうだ。効果のピークが早く来すぎないといいが、と思った。サンダーソンはルガー・スタンダードを携行している。二二口径の銃だ。弾は二発こめられている。それしか受けとろうとしなかった。ブラモルはコルトの四五口径。弾は三発。マッケンジーは弾がないスプリングフィールド。何もないよりはましだ。だれかが言っていたように、物事の九九パーセントは態度で決まる。

リーチャーは言った。「そろそろあの話をする準備をしてくれないか」

サンダーソンは言った。「まだ悪いほうへ転がるかもしれないことが百もあるのに」

「百もない」リーチャーは言った。「二、三十だろう」

「逮捕状はでたらめだった。それだけは知っておいて。連中はサイの口を封じようとしたのよ」

「話の全部ではなく一部だけを知ってもらいたいのか？」

「少なくともその部分だけは知っておいて」

「ポーターフィールドは何を言おうとしたんだ？」

「言うべきでないことを」

「わかった」リーチャーは言った。「油断せず、残りはあとで教えてくれ。大丈夫か？」

「いまのところは」

「いつまでもつ？」

「現在時刻は？」

「もうすぐ十時半になる」

サンダーソンは頭の中で計算したうえで、答えなかった。

リーチャーは自分の待機地点に戻ろうとした。だが、そこに着く前にブラモルが緑色に光る電話を持って歩み寄ってきた。どうやらウェストポイント校長室から電話がかかってきているらしい。

「あなたにです」ブラモルは言った。

リーチャーは電話を受けとった。

そして言った。「将軍」

校長は言った。「少佐」

「現在、作戦を実行中です。成否は二時間以内に判明します」

「わたしも詳細を知っておくべきか？」

「お知りにならないほうがいいでしょう」

「成功する見こみは？」

「不明です。交戦規定の問題があります」

「サンダーソンはきみよりもためらいがあるということか？」

「わたしよりもためらいはあるはずです。しかし、わたしにも苦手なものはあります。それに、民間人が同行しています」

「現代の軍とはそういうものだ。いつでも戻ってきて、授業を受けてくれ」

「ポーターフィールドの逮捕状はでたらめだとサンダーソンは言っていました」

「きみはどう思った？」

「サンダーソンの立場なら当然の発言です」

「わたしもそう思う。とはいえ、サンダーソンの考えは正しいようだ。南で働いている友人が例のファイルを調べてくれたのだが、何も出てこなかった。逮捕状はでっちあげにちがいない。逮捕状を請求した人物のことはだれも知らない。こちらで調べてみたが、名前が一致する唯一の人物は海兵隊の医療大隊の広報担当官だった」

「口ぶりからして、ポーターフィールドにはなんらかの大義があったとサンダーソンは考えているようです。それなら、ファイルの数は多くなります。ポーターフィールドは無職の退役軍人で、包帯を毎日替える必要があった。そんな男が不満を募らせたら、だれかれかまわず話すはずです。毎日新聞社に手紙を書き、地元の下院議員に電話をかけるでしょう。さらにはホワイトハウスやトーク番組や思いつくかぎりの法執行機関にも。ポーターフィールドの名前はあらゆるところに出てくることになります。わたしは知りたいのです。サンダーソンは話さないかもしれませんから」

「サンダーソンの状態は？」

「状況を考慮すれば、かなり良好です」

「態度に問題はないか？」

「どういう意味です？」

「いま話してもかまわないか？」

「もちろん」リーチャーは言った。

「電話をかけたのもこの件を伝えたかったからだ。医療倫理を問われた論文があり、それに遠まわしに言及している資料を見つけた。その論文は軍のある精神科医が発表したのだが、患者の身元を適切に隠さなかったとして非難された。論文が取りあげたのは、顔面に重傷を負った女性士官だ。自分の任務ではなかったのに、現場を視察していて負傷した。別の士官の代役を務めていたということだ。純粋に個人的な厚意で。作戦は女性士官と関係がなかった。ほかの愚かな男が別の予定を入れていたために、居合わせただけだ。しかもその予定がきわめて下劣なものだったことが、調査によって明らかになった。尋問がはじまると、男は自殺した。軍で随一の美女が障害を負ったころ、アフガニスタン人の娼婦《しょうふ》とよろしくやっていたらしい。論文は、職務中に負傷したのだと自分を納得させようとする女性士官の心理的葛藤を扱っていた」

「その女性士官がローズ・サンダーソンだったと？」

「サンダーソンがまだ入院中に論文は発表された。さらし者にされるのは不愉快だと本人は言ったようだ」

「サンダーソンからは何も聞いていません」リーチャーは言った。

「サンダーソンはこう思っていてもおかしくない」校長は言った。「裏切られたと」


十一時になっても、構内は暗闇と静寂に包まれたままだった。リーチャーの予想どおりに。おそらく二十分ほど前からひそかに集まりはじめ、十二時になったら大車輪で作業をする。そしてふたたび静寂が戻る。だから気を揉まなくていい。いまはまだ。ただし、読みが完全にはずれていたら話は別だ。ちょうどいま、何キロも離れたまったく別の場所に男たちが集まり、肩を叩き合いながらトランクやテールゲートをあけ、物欲しげなスペースをさらしているかもしれない。

可能性は否定できない。

リーチャーは待った。

十一時三十分になっても状況はまったく同じだった。暗闇と静寂に包まれている。まだ問題ない。まだつじつまは合うし、まだ筋は通るし、まだ予想どおりだ。しかし、近づきつつある。よくある言いまわしに。正念場に。決定的瞬間に。真価が問われる場に。人生ではじめて、リーチャーはおのれの肉体の状態に細心の注意を向けた。体の中でストレスが溜《た》まってくるのを感じ、それに対する自律反応を感じた。生物としての原始の名残のようなものが、ストレスを集中力と筋力と攻撃性に変換している。頭皮がうずき、電流が手から指へと流れるのを感じた。視界が鮮明になっていくのを感じた。自分の肉体が大きくなり、硬くなり、速くなり、強くなるのを感じた。

サンダーソンも同じものを感じているはずだ。フェンタニルとどんなふうに混ざり合うのだろうと思った。問題がないことを祈った。

そのとき、側道にヘッドライトの光が見えた。

46

ヘッドライトの光は黄色くてほの暗く、それは古い車であることを意味した。また、光の位置は高くなく、間隔もふつうで、それはこの古い車が通常の大きさであることを意味した。巨大なピックアップトラックではない。巨大なSUVでもない。車が建物へ近づくと、ヘッドライトの光が外壁に反射して、それが二十年落ちくらいのセダンであるのがわかった。ナメクジのような形をしている。塗装は光沢を失い、判別しにくい黒っぽい色をしている。ホイールキャップはない。アンテナは折れている。

車はバックして、邪魔にならないところにていねいに停められた。男がひとりおりてくる。歳は五十がらみ。太鼓腹で、髪を油で撫でつけている。ブルージーンズを穿き、何かの単語が書かれたグレーのトレーナーを着ている。ブランド名かもしれない。男はシャッター式の扉に歩み寄り、鍵を使った。それから重量挙げの選手のようにしゃがんで下端を引きあげた。扉が音を立て開き、平衡錘《へいこうすい》が働いたのか、勢いよくあがっていく。

男は駐車場に歩み入り、一分後、裏側の扉が開く同じ音が小さく繰り返された。場内の左側には巨大な黄色い除雪車が並んでいる。右側には何もない。コンクリート製の床にチョークで斜めの駐車枠が書いてあった。一番から十番までの番号が振られている。一番が奥で、十番が手前だ。

トレーナー姿の男は車に歩いて戻った。中に身を入れ、助手席からクリップボードを取りあげる。ペンが紐で結びつけられている。何かのリストらしい。男は駐車場に戻って入口の近くに陣どった。

〝扉の前に見張りがいる〟。

男は拳銃を取り出し、薬室を確かめた。

時刻は夜の十一時四十一分。

四分後、側道に新たなヘッドライトの光が現れた。男の古いセダンよりも位置が高く、間隔が広く、明るい。SUVのダッジ・デュランゴだ。駐車場の扉へ向かい、男の横で停車した。窓がおろされる。ことばが交わされる。男はクリップボードを確かめ、手を振ってSUVを中へ入れた。SUVはチョークで書いた枠に沿って斜めに駐車した。

一分後、錆びたシルバラードが道を進んできた。状態はスタックリーの古びた車と五十歩百歩だ。ただし、キャンパーシェルは載せていない。平らなビニール製の荷台カバーを付けている。つづいて、古い黒の四輪駆動車が現れた。どちらも中にはいって駐車した。

十二時五分前には、十個の駐車枠のうち九個が埋まっていた。五番だけが空いている。トレーナー姿の男は気にしていない様子だ。あくまでも決まりどおりにするというこのとなのだろう。自分の車のそばで待つほかの九人は喜んでいるように見える。分け前が増えるからだ。

トレーナー姿の男が腕時計を確かめた。

電話が鳴った。

男は耳を傾けた。

そして大声で言った。「あと二分だ。もうすぐ着く」

二分後、白のパネルバンが道を高速で突き進んできて、急ブレーキをかけた。停止して待っている。ニュージャージー州のナンバープレートだ。トレーナー姿の男はバンに合図してから建物の中へ駆けこんだ。バンは向きを変えて駐車場の外周に沿って進み、表側から裏側へ行った。ふたたび急角度で危なっかしく向きを変え、前進して裏側の扉を抜けた。ほかの車とは反対の側からはいったことになる。そして一番の車のそばに停車した。見張りが中を走っていって合流した。運転手は車をおりた。

それで計画はすべて変更になった。事が終わってからリーチャーは、床にチョークで書かれた番号の意味を深読みしなかった自分に腹を立てた。それを目にした当初は、地区や勤続年数を表しているのだろうと思った。つまり、この仕事の伝統や役得に関係している可能性を考えた。あるいは意味などないのかもしれないと思った。おもしろ半分で書いただけかもしれない。チョークで枠を書いたのなら、ついでにチョークで番号も書いたほうがいい。そうすればプロフェッショナルらしく見える。

しかし、それは優先順位を表していた。いわば序列を。一番の男はだれよりも売上が多いのだろう。今週の優秀営業マンと同じで、表彰しているようなものだ。褒美として、早々に出発する権利が与えられる。真っ先に与えられ、真っ先に出ていく。まずまずのインセンティブだ。

それを実行するための物理的な方法は十あまりもある。いろいろな段どりが考えられる。だが、最も単純な方法は、パネルバンを裏側の扉から入れることだ。

リーチャーは表側の扉のそばにいた。

見張りとパネルバンの運転手が合流してから作業がはじまるのは予想していた。計画では、まず運転手がなんら疑うことなくみずから進んでバンのドアをあける。つまりこちらの手で痛めつけたりなんらかの形で強要したりする必要はない。それならだれも良心のとがめをまったく感じない。ドアがあいたらただちにリーチャーが男たちの頭上に向けて九ミリを発砲して銃声を轟かせ、凍りついた男たちに対してパネルバンを寄越せと言う。同時にサンダーソンが背後から登場する。男たちは振り返り、謎めいた人影が拳銃を構えているのを見る。これで当面の面倒の火種はすぐに消える。専門家でもなければ二二口径のルガーだとはわからない。透視能力を持った専門家でもなければ残弾がわずかなのはわからない。この計画ならうまくいくとリーチャーは思っていた。まずは見張りと運転手、つづいてほかの男たち。相手はその二種類に分かれる。順番が重要になってくる。

リーチャーはそれができる側にいなかった。

すべてが逆になる。

リーチャーがサンダーソンになる。

サンダーソンがリーチャーになる。

アドレナリン、闘争ホルモン、フェンタニルがその血中を流れている。フェンタニルと離脱症状が半々かもしれない。苦痛と不快感、汗と震えにも襲われている。いま、サンダーソンは運転手を観察している。運転手が荷台をあけるのを待っている。ダイヤル錠や特殊な鍵が使われているかもしれない。使われていないかもしれない。ふつうのドアかもしれない。それなら展開は早くなる。二二口径は火器にしては静かなほうだが、火器以外の何かよりはよほど大きな音を立てる。反響する空間で撃てば、二二口径の弾一発でも充分な効果をあげるだろう。

サンダーソンが役目を引き継げば。

サンダーソンが実行すれば。

何も起こらない。

まだ何も起こらない。複雑なダイヤル錠なのかもしれない。コンピュータのように。あらゆる大文字や小文字が使われているのかもしれない。数字や記号まで。

何も起こらない。

つぎの瞬間、すさまじい銃声が響き、弾丸が頭上の梁《はり》にあたって激しい金属音を立てた。

だれもが凍りつく。

前方からサンダーソンが進み出て言った。「その場を動くな」

リーチャーがそうするはずだったように。

男たちの背後からリーチャーも進み出て言った。「だれも動くな」

サンダーソンがそうするはずだったように。

男たちはリーチャーのほうを見た。リーチャーはスミス&ウェッソンを低く構え、男たちの腰に向けていた。その角度が相手の不安を誘うことは知っていた。古い動物的本能のようなものだ。

前方に立つサンダーソンがかぶりを振った。ふたりの役目は逆になっている。つぎの台詞を言うのはリーチャーだ。

憲兵の声を使った。

「ポケットやホルスターやそのほかの隠し場所から、携帯電話と銃をすべて出せ。足もとの床に置け。ごまかそうとするな。すぐに身体検査をする。ほかに銃が見つかったら、その銃で膝を裏から撃ち抜く。携帯電話が見つかったら、この銃で膝を裏から撃ち抜く。これは国債並みに確実な約束だ。よく考えてみるといい。われわれは警官でも連邦捜査官でもない。純粋に個人的な用件でこれをやっている。おまえたちにとってはいっときの厄介者にすぎない。だから慎重に判断しろ。これからもずっと自分の足で歩くか、車椅子を使うかを。どうするのが自分にとって最善かを考え出せ」

十一人の男たちから十一個の電話と十二丁の銃が出てきた。見張りは小型の三八口径も足首に装着していた。マッケンジーがそれらを回収しようと進み出た。弾がないスプリングフィールドを構えながら。午後の映画に出てきそうだ。裏社会の美しき女王。男たちは目をまるくしている。リーチャーは銃と電話をマッケンジーのほうに蹴るよう命じた。マッケンジーはそれをひとつずつ拾いあげ、パネルバンの中にあったバッグに入れた。バッグには草色と空色で陽気なロゴが描かれている。

リーチャーとサンダーソンは十一人の男たち全員を五番の枠に集めた。すし詰めだ。試合が終わったあとの野球場の階段を思わせる。側面が平たい二台の車のあいだに押しこまれている。リーチャーとサンダーソンは男たちの正面で銃を構え、四十五度の角度を作るように離れて立った。作戦面だけを考えるのならそこまでしなくてもいい。ひとりだけでも充分だ。しかし、ふたりなら静かにさせる効果がある。無分別な考えを最低限に抑えこめる。それゆえ死傷者も。人道にのっとった戦力の配置だ。これぞ現代の軍というものだろう。

リーチャーは、その配置が効果をあげていると最初は思っていた。十一人の男たちはずいぶんとおとなしい。困惑し、押し黙り、打ちひしがれ、やけに動揺している。やけに意気消沈している。

やけに気味が悪そうにしている。

それで気づいた。

サンダーソンのフードの縁が後ろに折り返されたままだ。

パネルバンがはいってきた背後の扉から、ブラモルがトヨタ車をバックさせてくるのを目の隅にとらえた。トヨタ車はパネルバンと一直線に並ぶように進み、テールゲートをバンのバックドアに近づけた。マッケンジーが車から車へと箱を移していく。光沢のある真新しい白い箱を。数は多い。ブラモルが手伝った。ふたりして懸命に手を動かしている。箱はまだまだある。スペースが問題になった。ふたりはトランクに入れてあったバッグを後部座席にほうりこんだ。

リーチャーは一歩さがって左右に並ぶ車を眺めた。ダッジ・デュランゴの見た目がいちばん好みだ。ふつうの形をしている。運転装置もなじみのあるものが使われていそうだ。

それを指差した。

そして言った。「あれの持ち主は？」

ひとりの男が身じろぎする。

リーチャーは言った。「鍵は中か？」

男はうなずいた。

「ガソリンは？」

男はうなずいた。

「用意ができました」ブラモルが背後から声をかけた。

「よし」リーチャーは言った。「手はずはわかっているな。ここからは段階を踏むぞ。一、二、三で脱出する」

第一段階で、外に停めた見張りの車も含め、デュランゴを除くすべての車のところへマッケンジーが行き、すべての鍵をバッグにしまった。ほとんどの車は古いので点火装置をショートさせてエンジンをかけられるが、製薬会社のバンはメルセデスの新車で、鍵にICチップが組みこまれている。つまりどこにも行けない。それは好都合だった。立ち往生し、自力で動けず、悪事が露見して悄然《しょうぜん》としているバンを少年探偵に見てもらう必要がある。その姿がすべてを物語っている。マスターキーのようなものだ。

第二段階で、マッケンジーとブラモルがトヨタ車に乗りこんで走り去る。

ふたりはそのとおりにした。

第三段階で、リーチャーはスミス&ウェッソンを両手で低く構え、男たちの腰かそれより下に向けながら、近寄って真ん前に立った。サンダーソンはデュランゴのほうへ一歩ずつ慎重に後退し、片手を後ろにまわしてドアハンドルを探り、乗りこんでエンジンをかけた。斜めの駐車枠からバックで出たが、パネルバンが邪魔で前に進めず、ずっとバックで進んで表側の扉から出た。

そして見えなくなった。

リーチャーは待った。ひとりきりで。十一人の男たちは枠に押しこまれている。不穏な空気が流れる。怒りの兆しが見える。最初は自分自身に対して。十一対一なのに。これでは笑いぐさだ。いつから女子供になった？　よくない考えだ。よけいな面倒を起こそうとしている。リーチャーはこんな状況を前にも見たことがあった。そのうちにだれかひとりの脚を撃たなければならなくなる。注目を集めるために。そうなっても自業自得だ。

パネルバンがはいってきた背後の扉から、サンダーソンがデュランゴをバックさせてくるのを目の隅にとらえた。これでサンダーソンは正しい側にいて、正しい方向を向いている。距離は十メートル。セレクトレバーを動かす音が聞こえた。リバースレンジからドライブレンジに戻した音だ。エンジンをアイドリングさせ、ブレーキペダルを踏んでいる。いつでも出せる。

リーチャーは銃を少しだけ上に向けながら、後ろにさがった。不規則に視線を左右に走らせ、左の男を見たり、右の男を見たりする。駐車場の中心に戻り、さらに一歩ずつ後退していく。背後でデュランゴの助手席のドアがきしみながらあく音がした。サンダーソンが運転席から身を伸ばしたにちがいない。車に着き、スミス&ウェッソンを構えたまま後ろ向きに乗りこんだが、男たちはもうあきらめていた。武器も電話も移動手段もない。すでにこの先のこと、つまり鉄槌《てっつい》がくだされる前にどうやって逃げ出すかを考えている。

「出せ」リーチャーは言った。

サンダーソンはアクセルペダルを踏みこみ、まず右に、つづいて左にハンドルをすばやく切って、およそ時速百キロで西行きのランプの始点へ突き進んだ。

47

サンダーソンはいったん速度を落とし、一車線向こうを走っていた車が充分に離れるまで待ってから、ハイウェイに車を進め、時速百キロに戻した。サービスエリアまでは四分半だ。車は揺れが激しく、騒々しかった。ブラモルの眼鏡にはかなわないだろう。それでもサンダーソンの旧型のブロンコよりはましかもしれない。

サンダーソンは言った。「どれくらい手にはいった？」

最も重要な問題だ。

「二週間ぶん以上ある」リーチャーは言った。「それはまちがいない。これできみにあの話をしてもらえるな」

「厄介な仕事はわたしが全部やったのに」

「それは関係ない。今夜が首尾よくいったら話すときみは言った。だれがやろうと同じだ」

「見たら話す」サンダーソンは言った。「二週間ぶん以上を見たら」

「それどころの量ではないぞ」

「思う存分使いたい」

「当然の権利だな。今夜の働きは見事だった」

「ありがとう」

「気分はまだ大丈夫か？」

「あの男たちが妹に向けた目つきを見た？」

「ああ」リーチャーは言った。

「あの男たちがわたしに向けた目つきを見た？」

「ああ」リーチャーは言った。「見た」

「そういう気分よ」

　ふたたびいったん速度を落とし、サービスエリアにはいった。ガソリンスタンドや、ファストフード店や、ハイウェイパトロールの建物や、ハイウェイ管理事務所のトラックスケールの前を通り過ぎ、奥のチェーンモーテルへ行った。ブラモルがそこを偵察し、ふたつの大きな利点を見つけていた。裏に専用駐車場があるので、よく調べないかぎりはトヨタ車は見つからない。それに、犯行現場にありえないほど近いので、だれもそこを調べようとは思わない。ここはサウスダコタだ。全方位に無限の空間がある。だれだって時速百キロで広がっていく円の端を捜したくなるのが本能だろう。身近なところは調べない。

サンダーソンは裏にまわりこみ、待っているトヨタ車を見つけた。ブラモルとマッケンジーが後部の左右に立っている。テールゲートはあけられている。ふたりは積み荷の整理をしていた。

壮観だった。

箱がごまんとある。高さ一メートル、幅一メートル、奥行き一メートルの山に積みあげられている。商品名と絵柄が描かれている。大量にある。十、二十、五十、百も。数えきれないほどに。ひと箱にはパッチ二十枚入りの袋が二十個はいっている。薬局用の大箱だ。ひと箱だけで四百枚のパッチが収められている。

「二週間ぶん以上ある」サンダーソンは言った。

トランクに身を入れ、箱をひとつ引き出す。箱をあけ、分厚いトランプほどの大きさのアルミ袋をひとつ出した。パッチ二十枚入りだ。ポケットにしまった。サンダーソンは世界で最も富める女になった。これぞ豊かさの新たな至適基準《ゴールド・スタンダード》だ。一回ぶん以上を持っている依存症患者。

サンダーソンはリーチャーのほうを向いて言った。「あの話をする」

「あとにしてくれ」リーチャーは言った。「先にアーサー・スコーピオに会いにいく」

「それならわたしもいっしょに行く」サンダーソンは言った。「スコーピオもこの話にかかわりがあるから」

マッケンジーが持ってきたバッグを探り、扉の前にいた見張りから取りあげた電話を見つけた。三日前にやりとりされたテキストメッセージが残っていて、最後に見張りがスコーピオに〝新しいビリーの件も含めて、今夜は万事うまくいきました〟と伝えている。現在のやりとりはそれほど楽しげではなく、しかもまさに一方的だ。十二時十五分を過ぎてから、スコーピオは情報を頻繁かつ執拗《しつよう》に求めている。〝何があった？　すぐに報告しろ〟。

リーチャーは言った。「遅れていると返事をするんだ。なるべく早くコインランドリーに出向いて直接説明すると伝えてくれ。見張りが書いているように装って」

マッケンジーはテキストメッセージを打ちこんだ。そういう作業はだれよりも得意そうだ。

サンダーソンは弾が一発しかないルガーと、三発残っているブラモルのコルトを交換した。

そしてリーチャーとともにふたたびデュランゴに乗りこみ、走り去った。

グロリア・ナカムラは木々のあいだから一部始終を見ていた。トヨタ車もほかの人々と同じ理由であそこに駐車していたのだと結論した。〝なぜよけいに歩かなければならない？〟。トヨタ車に乗っていた者たちは、逆方向へ歩こうとしていた。休憩所ではなく、森の中へ。その先には何もない。ただし、保管庫がある。あるはずだ。でなければ、だれがそちらへ歩こうとする？　循環論法だが、筋は通る。

ナカムラもそちらへ歩いた。

三メートル手前で足を止めた。

ビッグフットがいた。シカゴから来たテレンス・ブラモルがいた。私立探偵だ。朝食店で二度、自分のテーブル席に先客としてすわっていた。美しい女がいた。もうひとりの女は顔にひどい傷を負っている。この女が指輪の持ち主だと即座に悟った。そう直観した。わずかなあいだだけだったが、あの指輪は自分もはめてみた。〝ウェストポイント　２００５〟。黒い石。

ナカムラは見守った。ブラモルと顔に傷のない女が森の中を歩いて戻ってくる。五、六メートル離れたところを通ったが、気づかれなかった。その後は一時間近く、何も起こらなかった。そして車がつづけざまに現れ、最後に白のパネルバンが来た。予想どおり、ニュージャージー州のナンバープレートを付けていて、猛スピードで進んでくる。記録から消され、形のうえではここにいない車が、大胆に走っている。

そして銃声が響き、黒のトヨタ車が現れ、建物にはいって出ていった。つづいてダッジのデュランゴが出ていき、周囲はふたたび静まり返った。が、そのうちに十人ほどの男たちが恐る恐る出てきて、あたりをうろつきはじめた。

まごついている様子だ。

ナカムラは一方の手にバッジを、もう一方の手に銃を持って森から進み出た。

男たちは蜘蛛《くも》の子を散らすように逃げた。

ナカムラは報告を入れたが、むだだとわかっていた。ハイウェイは市警の交通課ではなく州警察の管轄だし、深夜なら全員が見つからずに三車線を横切って北か南の路肩の先に逃げ、事実上無限の空間にまぎれこむことができる。

男たちの姿は見えなくなった。

ナカムラは無人のパネルバンと駐車された八台の車と外の古いセダンを見つめた。そして森の中を歩き、車で町に戻った。スコーピオがどうしているか、知りたかった。

リーチャーとサンダーソンは四車線道路を南へ進み、レストランの〈クリンガーズ〉の前を通り過ぎた。サンダーソンはずっと噛んでいる。まだパーティーはしていないし、思う存分使ってもいない。抑えている。望みどおりの状態になって、それを保とうとしている。パネルバンからあれほどの量を入手したことで考えが変わったのだろうとリーチャーは思った。依存症になると、つねに不安に駆られる。つぎの金、つぎの一回、つぎの一日、つぎの一時間が不安になる。もうサンダーソンには不安はない。これからも長いあいだ、不安はない。妹の助力で順調に運べば、二度と不安に駆られないかもしれない。それでもサンダーソンはまだ依存症と言えるのか。中身はちがう。いまではすべてが上向いている。ハイばかりでローはない。

このハイにはそれなりの価値があったことがリーチャーには見てとれた。サンダーソンの顔は表情豊かとは言えない。そういう機能は失われている。しかし、目が生き生きとしている。そして体も。人生最良の日を迎えたかのようだ。致死量近くを使わずに。最悪の人生を送っていることを半日だけ忘れ去るために、それだけの量がこれまでは必要だったろうに。だが、もう必要ない。これからは心が軽くなる。いずれ快復するかもしれない。

自分の専門分野ではないが。

リーチャーは言った。「きみが小さな町につづく道にいた理由を校長から聞いた」

サンダーソンは言った。「理由はわたしから言ったはずよ」

「きみは代理で支援作戦をおこなっていたと言った。代理というのはわかりにくいことばだ。上官から代わりを務めるよう頼まれたのなら、このことばを使ってもいいだろう。しかし、きみはすでに少佐だった。中佐や大佐がいなくても丘に突撃する方法は考え出せる。つまり上官はいなかったのであって、だからこのことばを使うのは不自然だ」

　サンダーソンはしばらく黙りこんだ。

　そして言った。「校長はどうやって突き止めたの？」

「精神科医が論文を書いた」

「校長はそれを読んだの？」

「校長もきみを捜しつづけていた」

「嘘よ」

「影響力を行使してくれている」

「わたしのために？」

「校長が言うには、きみは裏切られたと思っている」

「その精神科医にね」

「周囲に裏切られたという意味だ」

　ふたたびサンダーソンは黙りこんだ。

　そして言った。「長い入院生活のあいだに、わたしはたくさんの人たちと知り合った。腕や脚を失った人たちと。もちろん、簡単に受け入れている人はいなかった。それでも、わたしはそういう人たちが大きらいだった。ショートパンツを穿いたりして、前向きに生きようとしている人たちが。わたしも脚を失ったのなら耐えられた。だれかの頼みを聞いたせいでそうなったとしても。わたしは五度も派兵されたのよ。災難に遭ってもおかしくなかった。腕を失ったのでも耐えられた。でも顔は耐えられなかった。あの男たちがわたしに向けた目つきをあなたも見たわよね」

リーチャーは何も言わなかった。

サンダーソンは言った。「医師たちは勝手なことを書いた。欄にチェックマークを付けることくらいしかせずに。わたしは裏切られたとは一度も思わなかった。ほんとうのところは、不運だったと思った。文字どおり、人生ではじめてそう思った。最初のうちは、不運がどういうものかも知らなかった。自分にとって未知のものだったから。一生ぶんの不幸に、あらゆる災厄に一日で遭ったようなものだった。もちろん、わたしに代役を頼んだ男は病気を移された。当然の報いね。もっと悪いこともしていたはず」

リーチャーは言った。「そろそろポーターフィールドの話をしてくれ」

サンダーソンは首をすくめて道路標識を見あげた。

そして言った。「現在地は把握している？」

リーチャーは言った。「その先で右に曲がる。それからどこかで左に曲がる」

「車を停める」

「話をするためよ。着く前に」

「なぜ？」

ナカムラは交差点で車を一時停止させてから、申しぶんのない視界が得られるまで前進させた。スコーピオの店の裏口はあいている。光に縁どられているのが見える。エンジンを切った。

車をおり、途中まで歩いた。連邦最高裁判所によれば、公共の場で犯罪がおこなわれているという合理的な確信があれば、令状がなくても介入できる。しかし、スコーピオの裏の事務所は公共の場ではない。それゆえ、連邦最高裁判所によれば、緊急事態と見なせるだけの証拠が要る。銃声や悲鳴、助けを求める叫び声といったものだ。

裏道は静まり返っている。

ナカムラは忍び寄った。

スコーピオの低い話し声が聞こえた。まともな文になっている。ひとりで話している。メッセージを残しているようだ。不安げな口調で。電話に出るよう言っている。

相手は扉のところにいた見張りにちがいない。現場担当の手下だ。見張りは電話に出られない。リーチャーが全員の電話を奪った。森の中にいてもその声は聞こえた。膝を裏から撃ち抜くという脅しははったりとは思えなかった。

さらに忍び寄った。

スコーピオが電話を切った。これといった音はまったくしない。低い振動音らしきものが聞こえる。扇風機の音だろうか。銃声も悲鳴も助けを求める叫び声もあがっていないのは確かだ。

さらに忍び寄った。

隙間に目をあてる。

角度が悪い。

指先をドアにあてて押した。

サンダーソンはショッピングセンターの駐車場に車を停めた。セレクトレバーをパーキングレンジに入れたが、エンジンはかけたままにした。デュランゴのガソリンは満タンだ。遠くまで足を延ばすつもりで準備していたのだろう。アイダホ州か、ワシントン州あたりまで行商をする予定だったのかもしれない。

サンダーソンは言った。「性器には神経がたくさん通っているようね」

「驚きだな」

「サイはいつも痛みに苦しんでいた。そしてもちろん、依存症でもあった。最初は海兵隊で直接、治療を受けていた。でもやがて、薬を処方してもらえなくなった。理由は説明されなかった。サイははじめのうち、医学的な用心によるものだと考えた。何せ強力なアヘン剤だったから。でもサイにはそれが必要だった。そう主張したのだけれど、むだだった。それで医療機関をつぎつぎに受診するドクターショッピングをはじめた。車でどこにでも行った。そのうちに薬を買いはじめた。簡単なことだった。当時は大量に出まわっていたから。それがサイを憤慨させた。ほかの蛇口はすべて大きくあけられているのに、なぜ海兵隊ばかりが用心する？　サイは改めて海兵隊に連絡をとった。向こうは口を滑らせた。用心から処方を止めたのではなかった。在庫がでたらめなことになっていた。薬が底を突きかけていたのよ」

「だれかが横領していたんだな」

「その犯人を突き止めるのがサイのライフワークになった。自分と海兵隊の兄弟たちのために。サイはその仕事にうってつけだった。すでに薬を買っていて、すでにネットワークの内部にいたのだから。あとは少し探りを入れるだけでよかった。最終的にサイは犯人を突き止め、報告書をしたためて国防情報局《DIA》に送った」

「なぜＤＩＡに？」

「考えがあったから。ＤＩＡはあらゆる職務を網羅している。海兵隊に直接送るよりいい。闇に葬られてしまうかもしれない」

「どうなった？」

「わたしたちは待った。五、六日はかかるだろうと踏んでいた。このあたりでは郵便は遅れがちだから。でも、すみやかに連絡があるはずだとサイは確信していた。実際はどうなったかというと、六ヵ月も梨《なし》の礫《つぶて》だった。そしていきなり、逮捕状が出た」

「何者かが隠蔽工作をしたんだな」

「サイもそう考えた。そしてその瞬間にあきらめた。人生は勝つときも負けるときもある。お上には逆らえないということ。春のはじめだったから、わたしたちは森のある山にのぼった。小さな新芽が出ていた。サイはこのうえなく幸せそうだった。東海岸の出身で、堅苦しい性格なのに、その日ははしゃぎまわって、小枝を嚙んで毛皮の猟師を気どっていた。わたしたちは地面に寝そべった。ポケットには薬がはいっていた。そんな日には薬がほしくなるとふたりともわかっていた。思いきり使うつもりだった。わたしたちは共通の趣味がある男女のようなもので、いっしょに最高の体験をしたかった」

「どうなった？」

「サイは死んだ」

ナカムラはドアを押した。十五センチ、二十センチ、二十五センチ、三十センチ。室内に身を入れた。スコーピオは背を向けている。低くうなるコンピュータが所狭しと置かれた長い作業台の前にひとりですわっている。いくつものタワー型パソコン、ディスプレイ、キーボード、マウスがある。部屋は暑い。扇風機がまわっている。ナカムラはバッジと銃を出した。ドアをいっぱいにあける。

スコーピオがその音を聞きつけた。あるいは空気の流れか人の気配を感じとった。振り返る。

「その場を動くな」ナカムラは言った。「両手を見せなさい」

スコーピオは言った。「おまえは不法侵入をしている」

「あなたは犯罪をおこなっている」

「おまえがやっているのはいやがらせだ」

ナカムラは一歩進み出て、銃を構えた。

そして言った。「床にうつぶせになりなさい」

スコーピオは言った。「恥をさらすことになるぞ。おれは長くつらい一日の終わりに帳簿をつけているだけだ。税金を納めて、おまえたちの給料を払ってやるためにな。つつましい事業主が負わなければならない数多くの重荷のひとつだ」

「あなたは製薬企業のセキュリティをハッキングしている。そういう行為は連邦政府が取り締まっている。探せばロシア製のソフトウェアでも出てくるのかしら。そうなったらひどく厄介なことになるわね」

「おれはコインランドリーの経営者だ」

「ずいぶん未来的なコインランドリーね。ここはまるでＩＢＭみたい。でも、あなたの作りあげたシステムはたったいま潰《つい》えた。ＧＰＳを確認してみたら。あなたのパネルバンは除雪車の保管庫で立ち往生している。リーチャーが鍵を奪った。ほかのものもすべて」

スコーピオは黙りこんだ。

ナカムラはバッジをしまい、手錠を出した。

つぎの瞬間、事態は一変した。

背後のあけたままのドアから、コンビニエンスストアのコーヒーの持ち帰り用カップをふたつ持った男がはいってきた。黒のコート、黒のセーター、黒のズボン、黒の靴。身長は百八十センチ以上。首にあざがある。見たことのある男だ。

スコーピオに後頭部を殴られ、ナカムラは床に倒れ伏した。銃が音を立てて滑っていく。一瞬気が遠くなり、手荒く引きずられているのを感じた。気づくと床にすわってテーブルの脚に手錠でつながれていた。自分の手錠で。スカートがめくれあがっている。片手で裾を引きおろした。バッグがない。電話も。

スコーピオが尋ねた。「ほかのものもすべてとはどういう意味だ？」

ナカムラは言った。「根こそぎという意味よ」

黒ずくめの男が言った。「確認してきましょうか？」

「おれも行く」スコーピオは言った。

裏口のドアと、内扉と、ナカムラに目をやる。

「車を表にまわせ」スコーピオは言った。「そちら側から出る。女はここに置いていく」

黒ずくめの男は慌ただしく出ていった。スコーピオは裏口を施錠した。腰をおろしてディスプレイを眺める。

ナカムラは言った。「これで失業ね」

「ちがう」スコーピオは言った。「おれはけっして失業しない。つぎに進むだけだ。捨てる神あれば拾う神ありというやつだな。何事も永遠にはつづかない。必要なものはどこかほかの場所で手に入れる。これまでもずっとそうやってきた」

テーブルに手錠でつながれて床にすわっているナカムラを、スコーピオは置き去りにした。明かりを消し、内扉からコインランドリーに出て、向こう側から内扉を閉める。事務所は真っ暗になった。ナカムラは内扉が施錠される音を聞いた。その直後、表に面したドアのあく音が聞こえた。スコーピオが出ていったわけではない。早すぎる。まだ十メートルは手前にいるはずだ。別の人物ということになる。たぶんあの黒ずくめの男がはいってきたのだろう。車をまわして。

だがそのとき、くぐもった声が聞こえた。
聞き覚えのある声が。
こう言ったように思えた。「おまえのポケットには何がはいっている？」

サンダーソンは言った。「あとで気づいたのだけれど、サイは小枝を嚙んでいたのではなかった。というか、小枝だけを嚙んでいたのではなかった。ほかのものも嚙んでいるのを隠すためにそうしていた。サイは早めにパーティーをはじめていたのよ。過剰摂取を重ねるつもりでいた。山をのぼるあいだに致死量の薬を使い、上に着いてからも致死量の薬を使った。サイは人生を憎んでいた。DIAが頼みの綱だった。けれども、それも断ち切られてしまった。犯人たちはサイに対して共同戦線を張った。サイはあきらめた。今回は決めていたのよ。死の入口をノックして、扉が開かれたら、その先へ行こうと」

リーチャーは何も言わなかった。

「それも仕方がなかった」サンダーソンは言った。「万事休すだった。サイには金がもうなかった。それはサイにとって未知のものだった。わたしにとって不運が未知のものだったのと同じ。わたしはサイが逝くのを見守った。安らかな旅立ちだった。サイはこのうえなく幸せそうだった。どうなるかを知っていたのだと思う。仰向けに寝そべって、マツのにおいに包まれていた。呼吸がしだいに間遠になった。そして止まった。そんな最期だった」

「悲しい話だ」

「わたしにとっても悲しいことだった。サイにとってはこれでよかったのだと思った。こうするのが最善だったのだと思った。よく言われるように。わたしはサイをそこに置いていった。山のそのあたりがサイは大好きだった。そこの動物も大好きだった。わたしは荷物をまとめ、車で家に帰った」

「違法な家宅捜索の目的は？」

「サイが書きあげた報告書のコピーよ。机の抽斗《ひきだし》にしまってあった。だれでも最初に探す場所に」

「報告書には何が書かれていた？」

「昔ながらの物資の横流しが。海兵隊の医療大隊の大佐が、アーサー・スコーピオに薬を売っていた。二年前、スコーピオはそうやって商売をしていた。いまはちがう。でも当時、サイは本来ならもらえていたはずのものをわざわざ買っていたことになる。納得がいかないわよね。その大佐は報告書のファイルを目にして、ひそかに手をまわしたのだと思う」

「スコーピオもサイの名前を知っていた」リーチャーは言った。「囮としてわたしに教えた」

「大佐が教えたのかも」

「あるいは、スコーピオが大佐に教えたのかもしれない。屋根職人がいろいろと見ていたのなら、ビリーも見ていたはずだ。ビリーがスコーピオに教え、スコーピオが大佐に教えた可能性がある。捜査はまだはじまっていなかった。これでもうはじまらなくなった。大佐が偽りの逮捕状で捜査を潰したからだ。その流れでないとタイミングが合わないと思う」

「スコーピオがサイを売ったと言いたいのね」

「行こう」リーチャーは言った。「スコーピオに会いにいく頃合いだ」

48

サンダーソンとリーチャーは墓場のように静まり返った暗い通りを進んだ。速度は出さなかったが、一度も停まらなかった。コンビニエンスストアのある角へ行くと、前方で黒のセダンが縁石に寄って停まろうとしているのが見えた。アーサー・スコーピオの車だ。クロムめっきの施された公衆電話がある中華料理店の外で、同じ車に乗せられた。同じ男が車内にいる。最後に見たときは、コインランドリーの床で空気を求めてあえいでいた。

サンダーソンがリンカーンの真後ろに車を停め、リーチャーはコインランドリーの入口に向かおうとしている男に歩道で追いついた。小手調べに一発殴っただけで、男はコンクリートに片膝を突き、降伏のしるしに片手を振った。車を表にまわすよう指示されたらしい。ハイウェイ管理事務所の保管庫で何か問題があったから、そこへ行くところで、ミスター・スコーピオもすぐに出てくるとのことだった。

リーチャーは男をリンカーンのトランクに押しこんだ。同じ男をもうひとり入れられるくらい広かった。古くさい角張ったデザインのおかげだ。それからコインランドリーの入口へ向かい、ちょうど着いたときにスコーピオが事務所から出てきた。長身瘦軀《そうく》、歳は五十くらい、灰色の髪、黒のスーツに白のシャツを着て、ネクタイは締めていない。スコーピオは内扉を閉めて施錠し、振り返った。

リーチャーは店に歩み入った。

そして言った。「おまえのポケットには何がはいっている？」

スコーピオは目を剝いた。

答えられずにいる。

「おまえはビリーに、わたしを撃ち殺せと指示した」リーチャーは言った。「新しい男にも、同じように指示した」

返事はない。

「ふたりとも役目は果たせなかった」リーチャーは言った。「見てのとおりだ。さて、つぎはどうする？」

スコーピオは言った。「おまえに恨みがあったわけじゃない」

そして通りに目をやった。

「手下なら来ないぞ」リーチャーは言った。「おまえとわたしのふたりきりだ」

「仕事だったんだ。仕方がなかった」

「おまえはサイ・ポーターフィールドも売った」

「あいつは厄介者だった。消えてもらうしかなかった」

リーチャーはかすかな金属音を聞いた。事務所の中からだ。機械が小銭を数えているのかもしれない。

リーチャーは言った。「大佐の名前は？」

スコーピオは答えなかった。

リーチャーは踏みこんで殴った。

スコーピオは悲鳴をあげた。「ベイトマンだ」

くしゃみをするような声で。

「礼を言う」リーチャーは言った。


ポーターフィールドは厄介者だったから消えてもらうしかなかったというスコーピオの台詞を、ナカムラは聞いた。何かの自白らしい。となると、法的な重みがある。叫び声をあげるか、このまま静かにしているかでナカムラは迷っていた。結局妥協して、手錠をテーブルの脚にぶつけて鳴らしてみた。なんの効果もなかった。だれも内扉を蹴破ってはくれない。するとスコーピオが〝嚙んでくれ《バイト・ミー》〟と聞こえることばを悲鳴混じりに言い、その後はうめき声とあえぎ声と床にかかとを引きずる音しか聞こえなくなった。

やがて回転式乾燥機のゆっくりとした運転音が聞こえた。低くうなりながら回転し、中で重い何かが落ちたり跳ねたりしていた。


サンダーソンは黒のトヨタ車をさらに見つかりにくくするために、その真横に車を停めた。泊まる部屋はリーチャーの部屋の隣で、おやすみと言って中にはいった。リーチャーも自分の部屋にはいった。ベッドに腰掛ける。壁越しにサンダーソンの立てる音が伝わってきた。動きまわっている。そして外に出ていく音がした。

ドアがノックされた。

リーチャーはドアをあけた。

サンダーソンはフードの端を後ろに折り返したままだ。

その姿で言った。「また交換に使ってしまうのが心配だったけれど、状況が変わったと思う。指輪を返してもらえるとうれしい。もう大丈夫だから」

「はいってくれ」リーチャーは言った。

サンダーソンはベッドに歩み寄り、リーチャーがすわっていたところに腰掛けた。リーチャーはポケットから指輪を出した。金線細工、黒い石、小さなサイズ。ささやかな品だが、長旅をこなした。

サンダーソンは指輪を受けとった。

そして言った。「もう一度ありがとうと言わせて」

「もう一度どういたしましてと言っておこう」

サンダーソンは長いこと黙っていた。

それから言った。「この状況で何より奇妙なことがわかる？」

リーチャーは言った。「なんだろうな」

「わたしは内側にあって外側を見ている。自分自身を見られていない。ときどき忘れてしまう」

「精神科医はなんと言っていた？」

「第一一〇憲兵隊ならなんと言う？」

「受け止めろ」リーチャーは言った。「すでに起こってしまったことだ。なかったことにはできない。ほとんどの人からは好感を持たれないだろう。人間は根底では現代的な考え方に慣れていない。しかし、気にしない人もいる。そういう人を捜すといい」

「あなたもそういう人のひとり？」

「前に言ったはずだ」リーチャーは言った。「わたしには目がすべてだ」

サンダーソンはフードを脱いだ。髪がこぼれる。

そして言った。「アルミ箔を取り去った姿が見たい？」

「正直に答えていいのか？」

「ほんとうのところを言って」

「いいのか？」

「遠慮しないで」

「すべてを脱ぎ去った姿が見たい」

「その台詞はよく成功するの？」

「ときどきだな」

「軟膏がたくさん塗ってある」

「だろうな」リーチャーは言った。

「いちばん楽に落とす方法はシャワーを浴びること」

「問題ない。モーテルなのだから。石鹸をひとつ使いきってもかまわない。追加は頼めば持ってきてくれる」

サンダーソンはドアを閉めた。ベッドの上に立ってリーチャーにキスをする。背は四十センチ近く低い。体重は半分もない。信じられないほど華奢に感じられた。アルミ箔が音を立て、軟膏がにじみ出た。

「シャワーを浴びないと」サンダーソンは言った。

リーチャーが銀の上着のファスナーをおろすと、サンダーソンは身をよじってそれを脱ぎ捨てた。リーチャーはTシャツを脱がし、ブラジャーもはずした。体の感触は妹に対して想像していたのと同じだった。引き締まったしなやかな体は触れると冷たく、背中のくぼみは湿っている。サンダーソンはアルミ箔を剝がした。肌からそれが滑り落ちる。その下はいびつな形をしている。破片の射出口ではなく射入口だろう。それなら縫合しやすい。だが、感染症のために赤らんでいる。

ふたりは二十分かけてシャワーを浴びた。そのあとベッドで四時間を過ごした。大半は寝ていた。ただし、ずっと寝ていたわけではなかった。最初、リーチャーは用心した。サンダーソンの顔のせいではない。体格のせいだ。サンダーソンはとても小柄だ。壊してしまうのではないかと思った。だがそこで、軍隊生活を耐え抜いた女性なのだから、と思いなおした。それに比べればどうということはない。事が終わると、ふたりは同じ考えに至った。もちろんフェンタニルにはおよばない、とリーチャーは思った。だがアスピリンよりはいい。それは断言できた。

翌朝の七時前にリーチャーがコーヒーを持って部屋に戻ろうとすると、電話を持ったブラモルが呼び止めた。ウェストポイント校長室からまた電話がかかってきているらしい。

だが先にブラモルは言った。「ノーブル特別捜査官には電話をしておきました。DEAが後始末のために向かっています。ただちにここを離れないと」

「わたしはかまわない」リーチャーは言った。

電話を受けとる。

そして言った。「将軍」

校長は言った。「少佐」

「これから撤収します。任務は成功しました。再補給は完了し、出発の準備が整いました」

「わたしも詳細を知っておくべきか？」

「お知りにならないほうがいいでしょう」リーチャーは言った。

「ポーターフィールドの聖戦については調べあげた。妨害したのはベイトマンという大佐だ。しかし、DIAはベイトマンをきらっていた。それでポーターフィールドの報告書のコピーをひと月のあいだ、あの家に置いたままにした。保安官が見つけてくれるのを期待して。外部からの圧力があれば、掩護《えんご》射撃になっただろう。しかし、保安官は食いつかなかった。結局、コピーは回収せざるをえなかった。もっとも、DIAはのちに別件でベイトマンの尻尾をつかんだ。ベイトマンは破滅したよ」

「感謝します、将軍」

ている。

リーチャーはブラモルに電話を返しにいった。私立探偵はトヨタ車のまわりで忙しく働き、物を動かしてスペースを増やそうとしている。それをマッケンジーが手伝っている。

「感謝する、少佐」

リーチャーは言った。「そう焦るな」

部屋に戻った。サンダーソンは新しいアルミ箔を付けている。フードを引きおろし、紐をきつく結んでいる。

リーチャーは言った。「校長から聞いたが、ベイトマン大佐はのちに破滅したそうだ。つまり二打数二安打だ。ベイトマンとスコーピオで」

「気分は晴れた？」

「少しは」リーチャーは言った。

「わたしも」

「わたしは同行しない」

「そうだろうと思っていた」

「点滴を打て」

「そうする」

「幸運を」

「あなたも」

アルミ箔が新しかったから、キスはしなかった。そのまま外に出て、サンダーソンは車に乗りこんだ。リーチャーはブラモルとマッケンジーのふたりと握手を交わし、走り去る車を見送った。それからガソリンスタンドへ歩いた。別のホームレスが別のヒッチハイク市場を開いていた。チップは一ドル。スーフォールズと同じように。サウスダコタ州ではおなじみなのかもしれない。申しこめる選択肢は三つしかない。道がそういう具合になっているからだ。

州道を南へ行くか。

ハイウェイを東のシカゴ方面へ行くか。

ハイウェイを西のシアトル方面へ行くか。

リーチャーは一ドルを支払い、州道を南へ行くのを選んだ。十分後には、竜巻関連の仕事を求めてカンザス州へ向かう大工のトラックに乗っていた。

訳者あとがき

ジャック・リーチャー・シリーズ第二十二作『ミッドナイト・ライン』をお届けする。

本作もリーチャーらしい活躍がぞんぶんに楽しめる作品に仕上がっているので、このあとがきから読んでいるかたには、ぜひ本文に進むようおすすめしたい。なお、このシリーズは一作一作が独立した内容になっており、過去作を未読のかたでも問題なく楽しめることを付け加えておく。

物語はウィスコンシン州の質屋からはじまる。例によってあてもなく長距離バスに乗ったリーチャーは、トイレ休憩の際に立ち寄った町の質屋で、ウェストポイント、つまりアメリカ陸軍士官学校の卒業記念リングを見つける。自身もウェストポイントを卒業し、その指輪を手に入れるためにどれほどの努力が必要かを知っていたリーチャーは、だれがなぜ質入れしたのかと興味を持ち、もとの持ち主に返してやりたいと思う。そこで指輪を買いとり、質屋の店主に入手先を尋ねると、地元のバイカーギャングであるジミー・ラットが持ちこんだとのことだった。

リーチャーはさっそくジミー・ラットに会い、指輪の出どころを尋ねる。だがジミー・ラットは教えようとせず、手下をけしかける。リーチャーはその全員を叩きのめし、追い詰められたジミー・ラットは、サウスダコタ州のラピッドシティを根城にするアーサー・スコーピオから指輪を手に入れたと明かす。

リーチャーはヒッチハイクでラピッドシティへ行き、スコーピオが黒い噂の絶えない人物であることを知るが、本人に会って腕ずくで情報を聞き出す。指輪は、ワイオミング州のミュール・クロッシングに住むポーターフィールドという男が持ちこんだらしいとわかる。

そのころにはリーチャーは、指輪に刻まれたイニシャルと卒業年次をウェストポイントに問い合わせ、もとの持ち主がセリーナ・ローズ・サンダーソンという退役した女性士官であることを突き止めていた。サンダーソンは歩兵部隊の優秀な指揮官で、イラクとアフガニスタンで五度の軍務に就き、青銅星章と名誉戦傷章を受章したらしい。また、元FBIの私立探偵であるテリー・ブラモルも、サンダーソンを捜していることが明らかになる。リーチャーはブラモルと接触して依頼人がだれかを聞き出し、サンダーソンの双子の妹のマッケンジーが、音信不通になった姉を捜していると知る。

リーチャーはブラモルとマッケンジーに協力し、サンダーソンを見つけるべく、ミユール・クロッシングの近辺で聞きこみを重ねる。不思議なのは、サンダーソンと面識がありそうな人物にマッケンジーを会わせても、なんの反応も返ってこないことだった。双子で、瓜ふたつの顔のはずなのに、見覚えのある様子がないのはおかしい。だがリーチャーは、筋の通る説明を思いつく。サンダーソンに何があったのか。なぜかけがえのない指輪を手放し、妹との連絡を絶ったのか。ポーターフィールドやスコーピオはそれにどうかかわってくるのか。真実が明らかになったとき、驚きに打たれた読者も多いのではあるまいか。

本作の原書は二〇一七年十一月に出版されると、ニューヨーク・タイムズ紙のベストセラーリストでいきなり首位を獲得し、その後も二ヵ月あまり上位にとどまった。タフな肉体とロジカルな頭脳というリーチャーの魅力が詰まった作品だからだろうが、シリーズのファンからは「おれたちのリーチャーが帰ってきた！」といった熱烈な賛辞が送られている。

二〇一八年十一月に出版された最新作 *Past Tense* も、同紙のベストセラーリストでやはり初登場一位になっている。今度はリーチャーが父親の生地に立ち寄り、みずからのルーツを探るという内容で、シリーズのファンなら見逃せない物語になっているのはまちがいない。いずれお届けできれば幸いである。

最後になりましたが、本書の訳出にあたっては、株式会社講談社文庫出版部の岡本浩睦氏とみなさまにたいへんお世話になりました。心よりお礼を申しあげます。

二〇一九年三月

青木創

|著者| リー・チャイルド　1954年イングランド生まれ。地元テレビ局勤務を経て、'97年に『キリング・フロアー』で作家デビュー。アンソニー賞最優秀処女長編賞を受賞し、全米マスコミの絶賛を浴びる。以後、ジャック・リーチャーを主人公としたシリーズは現在までに23作が刊行され、いずれもベストセラーを記録。本書は22作目にあたる。

|訳者| 青木 創　1973年、神奈川県生まれ。東京大学教養学部教養学科卒業。翻訳家。訳書に、ハーパー『渇きと偽り』、モス『黄金の時間』、ジェントリー『消えたはずの、』、メイ『さよなら、ブラックハウス』、ヴィンター『愛と怒りの行動経済学』、ワッツ『偶然の科学』（以上、早川書房）、リー『封印入札』『レッドスカイ』（幻冬舎）、メルツァー『偽りの書』（角川書店）、フランセス『〈正常〉を救え』（講談社）など。

ミッドナイト・ライン（下）
リー・チャイルド｜青木《あおき》 創《はじめ》 訳

講談社文庫
定価はカバーに
表示してあります

2019年4月16日第1刷発行

発行者——渡瀬昌彦
発行所——株式会社　講談社
東京都文京区音羽2-12-21　〒112-8001
電話　出版（03）5395-3510
　　　販売（03）5395-5817
　　　業務（03）5395-3615
Printed in Japan

デザイン—菊地信義
本文データ制作—講談社デジタル製作
印刷———豊国印刷株式会社
製本———株式会社国宝社

ISBN978-4-06-515360-4

講談社文庫刊行の辞

二十一世紀の到来を目睫に望みながら、われわれはいま、人類史上かつて例を見ない巨大な転換期をむかえようとしている。

世界も、日本も、激動の予兆に対する期待とおののきを内に蔵して、未知の時代に歩み入ろうとしている。このときにあたり、創業の人野間清治の「ナショナル・エデュケイター」への志を現代に甦らせようと意図して、われわれはここに古今の文芸作品はいうまでもなく、ひろく人文・社会・自然の諸科学から東西の名著を網羅する、新しい綜合文庫の発刊を決意した。

激動の転換期はまた断絶の時代である。われわれは戦後二十五年間の出版文化のありかたへの深い反省をこめて、この断絶の時代にあえて人間的な持続を求めようとする。いたずらに浮薄な商業主義のあだ花を追い求めることなく、長期にわたって良書に生命をあたえようとつとめるところにしか、今後の出版文化の真の繁栄はあり得ないと信じるからである。

同時にわれわれはこの綜合文庫の刊行を通じて、人文・社会・自然の諸科学が、結局人間の学にほかならないことを立証しようと願っている。かつて知識とは、「汝自身を知る」ことにつきていた。現代社会の瑣末な情報の氾濫のなかから、力強い知識の源泉を掘り起し、技術文明のただなかに、生きた人間の姿を復活させること。それこそわれわれの切なる希求である。

われわれは権威に盲従せず、俗流に媚びることなく、渾然一体となって日本の「草の根」をかたちづくる若く新しい世代の人々に、心をこめてこの新しい綜合文庫をおくり届けたい。それは知識の泉であるとともに感受性のふるさとであり、もっとも有機的に組織され、社会に開かれた万人のための大学をめざしている。大方の支援と協力を衷心より切望してやまない。

一九七一年七月

野間省一

講談社文庫 最新刊

山本周五郎
逃亡記 時代ミステリ傑作選
なぜ男は殺されたのか？ 市井《しせい》の人の息づかい、生き様を活写した江戸ミステリ名作6篇。

秋川滝美
幸《こう》腹《ふく》な百貨店〈デパ地下おにぎり騒動〉
呑んで、笑って、明日を語ろう。『居酒屋ぼったくり』著者の極上お仕事&グルメ小説！

決戦！シリーズ
決戦！ 桶狭間
大好評「決戦！」シリーズの文庫化第5弾。乾坤一擲《けんこんいってき》の奇襲は本当に奇跡だったのか！

酒井順子
朝からスキャンダル
アイドルの危機、不倫、フジTVの落日etc.平成日本を見つめ続ける殿堂入りエッセイ14弾。

片川優子
ただいまラボ
動物たちの生命と向き合う獣医学科学生の日々をリアルに描いた、爽快な理系青春小説。

日本推理作家協会編
ベスト8ミステリーズ2015
日本推理作家協会賞を受賞した2作をはじめ、選《え》りすぐりの8編を収録したベスト短編集！

本格ミステリ作家クラブ・編
ベスト本格ミステリTOP5〈短編傑作選003〉
天野暁月・青崎有吾・西澤保彦・似鳥鶏・葉真中顕。旬の才能を紹介する見本市。魅惑の謎解き！

ティモシイ・ザーン
富永和子 訳
スター・ウォーズ 帝国の後継者 (上)(下)
新三部作の製作に影響した、ルーク、レイア、ハン、三人のその後を描いた外伝小説！

ローレンス・カスダン
ジョナサン・カスダン 原作
ムア・ラファティ 著
稲村広香 訳
ハン・ソロ スター・ウォーズ・ストーリー
無法者から冒険者へ！ ハン・ソロの若き日の冒険譚。知られざるシーン満載のノベライズ版！

講談社文庫　海外作品

海外作品

小説

D・クロンビー　西田佳子訳　警視の週末
D・クロンビー　西田佳子訳　警視の孤独
D・クロンビー　西田佳子訳　警視の覚悟
D・クロンビー　西田佳子訳　警視の偽装
D・クロンビー　西田佳子訳　警視の因縁
D・クロンビー　西田佳子訳　警視の挑戦
D・クロンビー　西田佳子訳　警視の哀歌
ウィリアム・K・クルーガー　野口百合子訳　闇の記憶
ウィリアム・K・クルーガー　野口百合子訳　血の咆哮
キャロライン・ケプネス　白石　朗訳　YOU(上)(下)
P・コーンウェル　相原真理子訳　検屍官
P・コーンウェル　相原真理子訳　証拠死体
P・コーンウェル　相原真理子訳　遺留品
P・コーンウェル　相原真理子訳　真犯人
P・コーンウェル　相原真理子訳　捜査官ガラーノ
P・コーンウェル　相原真理子訳　前線〈捜査官ガラーノ〉
P・コーンウェル　池田真紀子訳　死層(上)(下)
P・コーンウェル　池田真紀子訳　儀式(上)(下)
P・コーンウェル　池田真紀子訳　標的(上)(下)
P・コーンウェル　池田真紀子訳　邪悪(上)(下)
P・コーンウェル　池田真紀子訳　烙印(上)(下)
R・ゴダード　越前敏弥訳　還らざる日々(上)(下)
R・ゴダード　北田絵里子訳　血の裁き(上)(下)
R・ゴダード　北田絵里子訳　欺《あざむ》きの家(上)(下)
R・ゴダード　北田絵里子訳　謀略の都(上)(下)〈1919年三部作①〉
R・ゴダード　北田絵里子訳　灰色の密命(上)(下)〈1919年三部作②〉
R・ゴダード　北田絵里子訳　宿命の地(上)(下)〈1919年三部作③〉
マイクル・コナリー　古沢嘉通訳　リンカーン弁護士(上)(下)
マイクル・コナリー　古沢嘉通訳　ナイン・ドラゴンズ(上)(下)
マイクル・コナリー　古沢嘉通訳　判決破棄(上)(下)〈リンカーン弁護士〉
マイクル・コナリー　古沢嘉通訳　証言拒否(上)(下)〈リンカーン弁護士〉
マイクル・コナリー　古沢嘉通訳　転落の街(上)(下)
マイクル・コナリー　古沢嘉通訳　ブラックボックス(上)(下)
マイクル・コナリー　古沢嘉通訳　罪責の神々(上)(下)〈リンカーン弁護士〉
マイクル・コナリー　古沢嘉通訳　燃える部屋(上)(下)〈シリーズ25周年記念エッセイ収録〉
マイクル・コナリー　古沢嘉通訳　贖罪の街(上)(下)
コーティ・ザン　三角和代訳　禁止リスト(上)(下)
エリック・ジャコメッティ　ジャック・ラヴェンヌ　吉田花子訳　ヒラムの儀式(上)(下)
ニール・シャスタマン　池田真紀子訳　奪命者《サイズ》
テイラー・スティーヴンス　北沢あかね訳　インフォメーショニスト〈上・潜入篇〉〈下・死闘篇〉
テイラー・スティーヴンス　北沢あかね訳　ドールマン(上)(下)
アンナ・スヌクストラ　北沢あかね訳　偽りのレベッカ
キャロル・N・ダグラス著・編　青木多香子訳　ホワイトハウスのペット探偵
L・チャイルド　小林宏明訳　前夜(上)(下)
L・チャイルド　小林宏明訳　新装版　キリング・フロアー(上)(下)

L・チャイルド 小林宏明訳 アウトロー(上)(下)
L・チャイルド 小林宏明訳 最重要容疑者(上)(下)
L・チャイルド 小林宏明訳 61時間(上)(下)
L・チャイルド 小林宏明訳 ネバー・ゴー・バック(上)(下)
L・チャイルド 小林宏明訳 パーソナル(上)(下)
ネルソン・デミル 白石朗訳 王者のゲーム(上)(下)
ネルソン・デミル 白石朗訳 アップ・カントリー(上)(下)〈兵士の帰還〉
ネルソン・デミル 白石朗訳 ニューヨーク大聖堂(上)(下)
ネルソン・デミル 白石朗訳 ナイトフォール(上)(下)
ネルソン・デミル 白石朗訳 ワイルドファイア(上)(下)
ネルソン・デミル 白石朗訳 獅子の血戦(上)(下)
ジェフリー・ディーヴァー他著 北沢あかね訳 死者は眠らず
エマ・ドナヒュー 土屋京子訳 部屋(上・インサイド)(下・アウトサイド)
ハックスリー 松村達雄訳 すばらしい新世界
デイヴィッド・ハンドラー 北沢あかね訳 シルバー・スター
デイヴィッド・ハンドラー 北沢あかね訳 ダーク・サンライズ

デイヴィッド・ハンドラー 北沢あかね訳 ゴールデン・パラシュート
ロバート・ハリス 熊谷千寿訳 ゴーストライター
スーザン・ヒル 幸田敦子訳 城の王
リチャード・プライス 堀江里美訳 黄金の街(上)(下)
C・J・ボックス 野口百合子訳 復讐のトレイル
C・J・ボックス 野口百合子訳 ゼロ以下の死
C・J・ボックス 野口百合子訳 狼の領域
C・J・ボックス 野口百合子訳 冷酷な丘
C・J・ボックス 野口百合子訳 鷹の王
R・ボウエン 羽田詩津子訳 押しかけ探偵
ポーラ・ホーキンズ 池田真紀子訳 ガール・オン・ザ・トレイン(上)(下)
クリス・ムーニー 高橋佳奈子訳 贖罪の日
ボブ・モリス 高山祥子訳 ジャマイカの迷宮
G・ルッカ 飯干京子訳 回帰者
ジョージ・ルーカス著 上杉隼人訳 杉山まどか訳 スター・ウォーズ〈エピソードIV 新たなる希望〉
ジョージ・ルーカス原作 ドナルド・F・グルート著 上杉隼人訳 スター・ウォーズ〈エピソードV 帝国の逆襲〉

ジョージ・ルーカス原作 ジェームズ・カーン著 上杉隼人訳 スター・ウォーズ〈エピソードVI ジェダイの帰還〉
J・J・エイブラムス他原作 アラン・D・フォスター著 稲村広香訳 スター・ウォーズ〈フォースの覚醒〉
ジョージ・ルーカス原作 テリー・ブルックス著 上杉隼人／大島資生訳 スター・ウォーズ〈エピソードI ファントム・メナス〉
ジョージ・ルーカス原作 R・A・サルヴァトーレ著 上杉隼人／上原尚子訳 スター・ウォーズ〈エピソードII クローンの攻撃〉
ジョージ・ルーカス原作 マシュー・ストーヴァー著 上杉隼人／有馬さとこ訳 スター・ウォーズ〈エピソードIII シスの復讐〉
ジョン・ノール他原作 アレクサンダー・フリード著 稲村広香訳 ローグ・ワン〈スター・ウォーズ・ストーリー〉
ライアン・ジョンソン原作 ジェイソン・フライ著 稲村広香訳 スター・ウォーズ〈最後のジェダイ〉
ジャンニ・ロダーリ 内田洋子訳 パパの電話を待ちながら
J・K・ローリング 亀井よし子訳 カジュアル・ベイカンシー〈突然の空席〉(I)(II)
エリック・アクセル・スンド 西田佳子訳 クロウ・ガール(上)(下)

ノンフィクション

P・コーンウェル 相原真理子訳 真相(上)(下)〈"切り裂きジャック"は誰なのか?〉
レイチェル・ジョイス 亀井よし子訳 〈ハロルド・フライの思いもよらない巡礼の旅
M・セリグマン 山村宜子訳 オプティミストはなぜ成功するか

講談社文庫　海外作品

ダニエル・タメット　古屋美登里訳　ぼくには数字が風景に見える
J・D・ワトソン　江上・中村訳　二重らせん
アメリカ探偵作家クラブ　L・トリート編　大出　健訳　ミステリーの書き方

児童文学

エーリッヒ・ケストナー　山口四郎訳　飛ぶ教室
ディック・ブルーナ　講談社編　ミッフィーからの贈り物（ブルーナさんがはじめて語る人生と作品のひみつ）
ディック・ブルーナ　講談社編　miffy Notepad Red
ディック・ブルーナ　講談社編　miffy Notepad White
ディック・ブルーナ　講談社編　BLACK BEAR Notepad
L・M・モンゴメリー　掛川恭子訳　赤毛のアン
L・M・モンゴメリー　掛川恭子訳　アンの青春
L・M・モンゴメリー　掛川恭子訳　アンの愛情
L・M・モンゴメリー　掛川恭子訳　アンの幸福
L・M・モンゴメリー　掛川恭子訳　アンの夢の家
L・M・モンゴメリー　掛川恭子訳　アンの愛の家庭
L・M・モンゴメリー　掛川恭子訳　虹の谷のアン
L・M・モンゴメリー　掛川恭子訳　アンの娘リラ
L・M・モンゴメリー　掛川恭子訳　アンの友だち
L・M・モンゴメリー　掛川恭子訳　アンをめぐる人々
トーベ・ヤンソン　下村隆一訳　新装版　ムーミン谷の彗星
トーベ・ヤンソン　山室　静訳　新装版　たのしいムーミン一家
トーベ・ヤンソン　小野寺百合子訳　新装版　ムーミンパパの思い出
トーベ・ヤンソン　下村隆一訳　新装版　ムーミン谷の夏まつり
トーベ・ヤンソン　山室　静訳　新装版　ムーミン谷の冬
トーベ・ヤンソン　山室　静訳　新装版　ムーミン谷の仲間たち
トーベ・ヤンソン　小野寺百合子訳　新装版　ムーミンパパ海へいく
トーベ・ヤンソン　鈴木徹郎訳　新装版　ムーミン谷の十一月
トーベ・ヤンソン　冨原眞弓訳　小さなトロールと大きな洪水
ヤンソン（文・絵）　パルッキネン（編）　渡部　翠（訳）　ムーミン谷の名言集
ヤンソン（絵）　リトルミイ　ノート
ヤンソン（絵）　スナフキン　ノート
ヤンソン（絵）　ニョロニョロ　ノート
ヤンソン（絵）　ムーミンママ　ノート
ヤンソン（絵）　ムーミン　ノート
ヤンソン（絵）　ムーミンパパ　ノート
ヤンソン（絵）　ムーミン谷　春のノート
ヤンソン（絵）　ムーミン谷　夏のノート
ヤンソン（絵）　ムーミン谷　秋のノート
ヤンソン（絵）　ムーミン谷　冬のノート
ヤンソン（絵）　ムーミン100冊読書ノート
L・ワイルダー　こだま・渡辺訳　大きな森の小さな家
L・ワイルダー　こだま・渡辺訳　大草原の小さな家
L・ワイルダー　こだま・渡辺訳　プラム川の土手で
L・ワイルダー　こだま・渡辺訳　シルバー湖のほとりで
L・ワイルダー　こだま・渡辺訳　農場の少年
L・ワイルダー　こだま・渡辺訳　大草原の小さな町

講談社文庫　海外作品

L・ワイルダー
こだま・渡辺訳　この輝かしい日々

ルイス・サッカー
幸田敦子訳　穴〈HOLES〉

芥川龍之介　藪の中
有吉佐和子　新装版 和宮様御留
阿川弘之　春風落月
阿川弘之　亡き母や
阿刀田　高　ナポレオン狂
阿刀田　高　新装版 ブラック・ジョーク大全
阿刀田　高　新装版 食べられた男
阿刀田　高　新装版 妖しいクレヨン箱
阿刀田　高　新装版 奇妙な昼さがり
阿刀田高編　ショートショートの花束1
阿刀田高編　ショートショートの花束2
阿刀田高編　ショートショートの花束3
阿刀田高編　ショートショートの花束6
阿刀田高編　ショートショートの花束7
阿刀田高編　ショートショートの花束8
阿刀田高編　ショートショートの花束9
安房直子　南の島の魔法の話
相沢忠洋　「岩宿」の発見〈幻の旧石器を求めて〉
安西篤子　花あざ伝奇

赤川次郎　真夜中のための組曲
赤川次郎　東西南北殺人事件
赤川次郎　起承転結殺人事件
赤川次郎　冠婚葬祭殺人事件
赤川次郎　人畜無害殺人事件
赤川次郎　純情可憐殺人事件
赤川次郎　結婚記念殺人事件
赤川次郎　豪華絢爛殺人事件
赤川次郎　妖怪変化殺人事件
赤川次郎　流行作家殺人事件
赤川次郎　ＡＢＣＤ殺人事件
赤川次郎　狂気乱舞殺人事件
赤川次郎　女優志願殺人事件
赤川次郎　輪廻転生殺人事件
赤川次郎　百鬼夜行殺人事件
赤川次郎　偶像崇拝殺人事件
赤川次郎　四字熟語殺人事件〈ベスト・セレクション〉
赤川次郎　三姉妹探偵団
赤川次郎　三姉妹探偵団2〈キャンパス篇〉

赤川次郎　三姉妹探偵団3〈珠美・初恋篇〉
赤川次郎　三姉妹探偵団4〈怪奇篇〉
赤川次郎　三姉妹探偵団5〈復讐篇〉
赤川次郎　三姉妹探偵団6〈危機一髪篇〉
赤川次郎　三姉妹探偵団7〈駈け落ち篇〉
赤川次郎　三姉妹探偵団8〈人質篇〉
赤川次郎　三姉妹探偵団9〈青ひげ篇〉
赤川次郎　三姉妹探偵団10〈父恋し篇〉
赤川次郎　死が小径をやってくる〈三姉妹探偵団11〉
赤川次郎　死神のお気に入り〈三姉妹探偵団12〉
赤川次郎　次女と野獣〈三姉妹探偵団13〉
赤川次郎　心地よい悪夢〈三姉妹探偵団14〉
赤川次郎　ふるえて眠れ、三姉妹〈三姉妹探偵団15〉
赤川次郎　三姉妹、呪いの道行〈三姉妹探偵団16〉
赤川次郎　三姉妹、初めてのおつかい〈三姉妹探偵団17〉
赤川次郎　恋の花咲く三姉妹〈三姉妹探偵団18〉
赤川次郎　月もおぼろに三姉妹〈三姉妹探偵団19〉
赤川次郎　三姉妹、ふしぎな旅日記〈三姉妹探偵団20〉

講談社文庫　目録

- 赤川次郎　三姉妹、清く貧しく美しく〈三姉妹探偵団21〉
- 赤川次郎　三姉妹と忘れじの面影〈三姉妹探偵団22〉
- 赤川次郎　三姉妹、舞踏会への招待〈三姉妹探偵団23〉
- 赤川次郎　三人姉妹殺人事件〈三姉妹探偵団24〉
- 赤川次郎　三姉妹、さびしい入江の歌〈三姉妹探偵団25〉
- 赤川次郎　沈める鐘の殺人
- 赤川次郎　静かな町の夕暮に
- 赤川次郎　ぼくが恋した吸血鬼
- 赤川次郎　秘書室に空席なし
- 赤川次郎　我が愛しのファウスト
- 赤川次郎　手首の問題
- 赤川次郎　おやすみ、夢なき子
- 赤川次郎　二重奏《デュオ》
- 赤川次郎　メリー・ウィドウ・ワルツ
- 赤川次郎ほか　二十四粒の宝石〈超短編小説傑作集〉
- 赤川次郎　横田順彌　二人だけの競奏曲
- 新井素子　グリーン・レクイエム
- 安土　敏　小説スーパーマーケット(上)(下)
- 安土　敏　償却済社員、頑張る
- 阿井景子　真田幸村の妻
- 浅野健一　新・犯罪報道の犯罪
- 安能務 訳　封神演義 全三冊
- 安部譲二　絶滅危惧種の遺言
- 安西水丸　東京美女散歩
- トルーマン・カポーティ　安西水丸 訳　真夏の航海
- 綾辻行人　緋色の囁き
- 綾辻行人　暗闇の囁き
- 綾辻行人　黄昏の囁き
- 綾辻行人　殺人方程式〈切断された死体の問題〉
- 綾辻行人　鳴風荘事件 殺人方程式II
- 綾辻行人　十角館の殺人〈新装改訂版〉
- 綾辻行人　水車館の殺人〈新装改訂版〉
- 綾辻行人　迷路館の殺人〈新装改訂版〉
- 綾辻行人　人形館の殺人〈新装改訂版〉
- 綾辻行人　時計館の殺人〈新装改訂版〉(上)(下)
- 綾辻行人　黒猫館の殺人〈新装改訂版〉
- 綾辻行人　暗黒館の殺人 全四冊
- 綾辻行人　びっくり館の殺人
- 綾辻行人　奇面館の殺人(上)(下)
- 綾辻行人　どんどん橋、落ちた〈新装改訂版〉
- 阿井渉介　荒《あら》南風《はえ》
- 阿井渉介　うなぎ丸の航海
- 阿井渉介　生首岬の殺人〈警視庁捜査一課事件簿〉
- 阿井渉介　阿部牧郎他　薄灯かり〈官能時代小説アンソロジー〉
- 阿井文瓶　伏龍〈海底の少年特攻兵〉
- 我孫子武丸　0の殺人
- 我孫子武丸　人形はこたつで推理する
- 我孫子武丸　人形は遠足で推理する
- 我孫子武丸　人形はライブハウスで推理する
- 我孫子武丸　新装版 8の殺人
- 我孫子武丸　眠り姫とバンパイア
- 我孫子武丸　狼と兎のゲーム
- 我孫子武丸　新装版 殺戮にいたる病
- 有栖川有栖　ロシア紅茶の謎
- 有栖川有栖　スウェーデン館の謎
- 有栖川有栖　ブラジル蝶の謎
- 有栖川有栖　英国庭園の謎

講談社文庫 目録

有栖川有栖 ペルシャ猫の謎
有栖川有栖 幻想運河《デカ》
有栖川有栖 幽霊刑事《デカ》
有栖川有栖 マレー鉄道の謎
有栖川有栖 スイス時計の謎
有栖川有栖 モロッコ水晶の謎
有栖川有栖 新装版 マジックミラー
有栖川有栖 新装版 46番目の密室
有栖川有栖 虹果て村の秘密
有栖川有栖 闇の喇叭《らっぱ》
有栖川有栖 真夜中の探偵
有栖川有栖 論理爆弾
有栖川有栖 名探偵傑作短篇集 火村英生篇
有栖川有栖 篠田真由美 二階堂黎人 法月綸太郎 「Y」の悲劇
有栖川有栖／恩田陸 加納朋子／貫井徳郎 法月綸太郎 「ABC」殺人事件
姉小路祐 署長刑事《デカ》 徹底抗戦
姉小路祐 監察特任刑事《デカ》
姉小路祐 影のクロス〈監察特任刑事《デカ》〉
姉小路祐 緘《かん》殺《さつ》のファイル〈監察特任刑事《デカ》〉

秋元康 伝染歌
浅田次郎 日輪の遺産
浅田次郎 勇気凜凜ルリの色
浅田次郎 四十肩と恋愛 勇気凜凜ルリの色
浅田次郎 地下鉄《メトロ》に乗って
浅田次郎 霞町物語
浅田次郎 勇気凜凜ルリの色 福音について
浅田次郎 満天の星 勇気凜凜ルリの色
浅田次郎 ひとは情熱がなければ生きていけない〈勇気凜凜ルリの色〉
浅田次郎 シェエラザード(上)(下)
浅田次郎 歩兵の本領
浅田次郎 蒼穹の昴 全四巻
浅田次郎 珍妃の井戸
浅田次郎 中原の虹 全四巻
浅田次郎 マンチュリアン・リポート
浅田次郎 天国までの百マイル
浅田次郎 原作 ながやす巧 漫画 鉄道員《ぽっぽや》／ラブ・レター
青木玉 小石川の家
青木玉 底のない袋

青木玉 記憶の中の幸田一族〈青木玉対談集〉
阿部和重 アメリカの夜
阿部和重 グランド・フィナーレ
阿部和重 ABC〈阿部和重初期作品集〉
阿部和重 ミステリアスセッティング
阿部和重 IP／NN 阿部和重傑作集
阿部和重 シンセミア(上)(下)
阿部和重 ピストルズ(上)(下)
阿部和重 クエーサーと13番目の柱
阿川佐和子 マチルデの肖像〈恋する音楽小説2〉
麻生幾 加筆完全版 宣戦布告(上)(下)
麻生幾 奪還
安野モヨコ 美人画報
安野モヨコ 美人画報ハイパー
安野モヨコ 美人画報ワンダー
有吉玉青 風の牧場
有吉玉青 美しき一日《いちじつ》の終わり
甘糟りり子 産む、産まない、産めない
赤井三尋 翳《かげ》りゆく夏

講談社文庫　目録

天祢　涼　都知事探偵・漆原翔太郎〈セシューズ・ハイ〉
麻見和史　石の繭〈警視庁殺人分析班〉
麻見和史　蟻《あり》の階段〈警視庁殺人分析班〉
麻見和史　水晶の鼓動〈警視庁殺人分析班〉
麻見和史　虚空の糸〈警視庁殺人分析班〉
麻見和史　聖者の凶数〈警視庁殺人分析班〉
麻見和史　女神の骨格〈警視庁殺人分析班〉
麻見和史　蝶の力学〈警視庁殺人分析班〉
麻見和史　雨色の仔羊〈警視庁殺人分析班〉
麻見和史　深紅の断片〈警防課救命チーム〉
赤坂憲雄　岡本太郎という思想
有川　浩　三匹のおっさん
有川　浩　三匹のおっさん ふたたび
有川　浩　ヒア・カムズ・ザ・サン
有川　浩　旅猫リポート
青山七恵　わたしの彼氏
青山七恵　快楽
荒崎一海　無流心月剣〈宗元寺隼人密命帖㈠〉
荒崎一海　幽霊の足〈宗元寺隼人密命帖㈡〉
荒崎一海　名花散る〈宗元寺隼人密命帖㈢〉
荒崎一海　江都落涙〈宗元寺隼人密命帖㈣〉
荒崎一海　門前仲町〈九頭竜覚山　浮世綴㈠〉
荒崎一海　蓬莱橋雨景〈九頭竜覚山　浮世綴㈡〉
荒崎一海　寺町哀感〈九頭竜覚山　浮世綴㈢〉
浅野里沙子　花簪《はなかがり》御探し物請負屋
朱野帰子《かえるこ》　駅物語
朱野帰子　超聴覚者七川小春〈真実への潜入〉
東　浩紀　一般意志2・0〈ルソー、フロイト、グーグル〉
朝倉宏景　白球アフロ
朝倉宏景　野球部ひとり
朝倉宏景　つよく結べ、ポニーテール
安達　瑶　落花〈堕ちたエリート〉
朝井リョウ　スペードの3
朝井リョウ　世にも奇妙な君物語
足立　紳　弱虫日記
有沢ゆう希　ムサヲ原作　恋と嘘〈映画ノベライズ〉
有沢ゆう希　末次由紀原作　ちはやふる　上の句〈小説〉
有沢ゆう希　末次由紀原作　ちはやふる　下の句〈小説〉
有沢ゆう希　末次由紀原作　ちはやふる　結び〈小説〉
有沢ゆう希　ろびこ原作　となりの怪物くん〈小説〉
有沢ゆう希　小説　パーフェクトワールド〈君といる奇跡〉
蒼井凜花　女唇《ルージュ》の伝言
秋川滝美　幸腹《こうふく》な百貨店
東　芙美子　原作　雲田はるこ　脚本　羽原大介　小説　昭和元禄落語心中
赤神　諒　神遊の城
彩瀬まる　やがて海へと届く
五木寛之　ソフィアの秋
五木寛之　狼のブルース
五木寛之　海峡物語
五木寛之　風花のひと
五木寛之　鳥の歌(上)(下)
五木寛之　燃える秋
五木寛之　真夜中の望遠鏡〈流されゆく日々'78〉
五木寛之　ナホトカ青春航路〈流されゆく日々'79〉
五木寛之　旅の幻燈
五木寛之　他力
五木寛之　こころの天気図

2019年3月15日現在